Y
PUMED
DRWS

Y PUMED DRWS

SION HUGHES

Gomer

Cyhoeddwyd gyntaf yn 2019 gan
Wasg Gomer, Llandysul, Ceredigion SA44 4JL

www.gomer.co.uk

ISBN 978 1 78562 312 7

Cyhoeddwyd gyda chymorth ariannol
Cyngor Llyfrau Cymru.

Argraffwyd a rhwymwyd yng Nghymru gan

Wasg Gomer, Llandysul, Ceredigion.

I fy mhlant annwyl,
Beca,
Hanna
ac
Erwan.

Cydnabyddiaethau

Diolch i Wasg Gomer (yn enwedig Mei a'r tîm) am fentro mor anrhydeddus unwaith yn rhagor.

Diolch i Huw Meirion Edwards am olygu'r copi ac i Mari Emlyn am y golygu creadigol ac am y gofal.

Diolch i fy narllenwyr am eich cefnogaeth. Gobeithio y gallaf orffen un nofel arall 'D.I. John' cyn i'r awen ballu.

Prolog

Yn y tŷ, saif y perchennog: gwraig urddasol a thal yn ei chwedegau. O'i blaen mae merch ifanc. Mae'r ddwy ar fin taro bargen. Ar y landin, lle saif y ddwy, mae pump o ddrysau. Mae tri ohonynt yn arwain at y llofftydd, y pedwerydd at yr ystafell ymolchi, ond saif y pumed drws ar glo.

'Rŵan bo' chi wedi gweld y tŷ, ydach chi eisiau'r gwaith?'

'Yndw. Yn bendant,' ateba'r ferch ifanc yn llon.

'Iawn, oes gennym ni drefniant, felly?'

Mae'r ddynes dal yn estyn ei llaw i daro'r fargen.

Cyn ysgwyd, mae chwilfrydedd y ferch yn mynd yn drech na hi. Crwydra ei llygaid at y drws cloëdig ar ben pellaf y landin.

'Oes, ond mae 'na un peth bach. Beth sydd y tu ôl i'r pumed drws? Yr un sydd ar glo. Sonioch chi ddim byd am yr ystafell yna.'

Diflanna tynerwch y wraig a daw golwg ddifrifol i'w hwyneb caredig. Mae ei llais yn caledu ryw fymryn.

'Na. Dach chi byth i fynd yn agos at yr ystafell yna. Mae hi ar glo… am byth!'

'Iawn. Sori.'

Ar ôl gweld y ferch yn gwrido ac ymddiheuro mor annwyl, dychwela tynerwch perchennog y tŷ.

'Oes gennym ni fargen felly?' hola, gan gynnig ei llaw am yr eildro.

'Wrth gwrs,' dywed y ferch.

Mae'r ddwy yn ysgwyd dwylo heb sylweddoli gwir arwyddocâd y fargen maent newydd ei tharo.

Pennod 1

Ynys Môn
Awst 1920

Doedd dim sôn am y bachgen ifanc ac aeth Meg Lewis i boeni amdano. Dywedodd y byddai o'n ôl mewn munud, ac eto roedd hi wedi gorffen cyfri i chwe deg a doedd dim arwydd ohono.

Doedd dim byd i'w glywed heblaw'r gwynt ysgafn yn byseddu ei gwallt a chri pioden fôr unlg yn y pellter. Edrychodd o'i chwmpas ond doedd yr un enaid byw arall yno.

Roedd hi ar ei phen ei hun yn nistawrwydd llonydd Bae Porth Dafarch. Tywynnai haul anhreuliedig mis Awst i lawr arni a'i gorfodi i roi ei llaw at ei thalcen er mwyn craffu'n well ar draws y dŵr oedd yn llonydd fel llyn.

Aeth mwy o amser heibio a dechreuodd ei chalon guro'n galetach. Trodd y gofid yn ofn gwirioneddol – beth os oedd o wedi marw?

Syrthiodd tawelwch iasoer yr eiliad honno, fel tawelwch cyn storm, ac eto doedd yna'r un cwmwl yn yr awyr. Clywodd sŵn y tu ôl iddi. Siglodd y cwch a gorfu iddi afael yn dynn yn yr ochr. Cododd y dyn ifanc allan o'r dŵr fel ffenics o'r fflamau gan yrru cawod o ddŵr y môr dros y cwch bach.

Teimlai Meg y gofid yn ei gadael. Roedd o'n ddiogel

wedi'r cyfan! Edmygodd ei gyhyrau wrth iddo dynnu ei gorff bendigedig i mewn i'r cwch yn osgeiddig. Adlewyrchai'r haul cynnes ar ei gnawd – a sylwodd Meg nad oedd owns o fraster ar ei gorff caled. Edrychai ei groen yn gynnes, yn dynn ac yn llyfn. Syllodd ar y graith ar ei wyneb golygus ac ar ei drwyn crwca oedd wedi ei dorri fwy nag unwaith.

Pan dderbyniodd hi'r cynnig i fynd 'allan am ginio', ychydig a wyddai y byddai hynny'n golygu mynd allan go iawn – allan ar y môr mewn cwch! Roedd sleifio allan heb ganiatâd ei thad yn un peth ond roedd mynd allan i'r môr mawr ar gwch sigledig yn beth arall.

'Blydi hel – ble ti 'di bod?' gofynnodd, ar ôl dod o hyd i'w thafod.

Gwenodd y bachgen. Yn ei law roedd ganddo gimwch mawr a'i fachau ffyrnig yn clepian.

Ddeng metr o dan y cwch roedd gweddillion y *Missouri*, llong a ddrylliwyd yno yn 1886 ar ei ffordd yn ôl i Boston. Roedd cannoedd o gimychiaid wedi hen ymgartrefu yng ngweddillion yr hen long a dim ond y dewraf, neu'r mwyaf gwirion, fyddai'n mentro i lawr i'r dyfnderoedd i geisio eu dal.

Chwarddodd y bachgen yn uchel ar ôl gweld ei hwyneb ofnus.

'Dyma dy ginio di,' dywedodd.

'Dwi'n mynd i nôl un arall.'

Cyn iddi gael cyfle i brotestio, cododd y bachgen a phlymio'n ôl i mewn i'r môr gan siglo'r cwch a gyrru cawod arall o ddŵr hallt drosti.

Daliodd Meg ei hanadl mewn sioc wrth i'r gawod o ddŵr oer ei socian. Diflannodd y bachgen o dan y tonnau a rhythodd Meg ar ei chinio yn brwydro am ei einioes o'i blaen.

Pennod 2

Hydref 1920

'India Roc Llan! India Roc Llan! India Roc Llan!' gwaeddai'r ddynes, a'i llais yn codi uwchben sŵn bwrlwm Ffair Borth.

Roedd y ffair flynyddol ym Mhorthaethwy yn ei hanterth a thipyn o alw am yr India roc unigryw a wnaethpwyd ym mhentref Llannerchymedd. Rhaid fod pob crochan yn y pentref hwnnw wedi bod yn ffrwtian am wythnosau gan fod yna gryn hanner dwsin o stondinau Llan i'w gweld yn y ffair.

Dechreuodd y Carwsél droi fel chwrligwgan gan dynnu gwich o werthfawrogiad oddi wrth y plant oedd arno. Cyflymodd y Carwsél drachefn a throdd y wich yn sgrech. Gafaelodd ambell blentyn yn dynnach ym mholyn y ceffyl a dechreuodd ambell un grio mewn ofn.

Ar stondin arall roedd gwas ffarm yn saethu targedi, ac ar ôl methu, dechreuodd ffrae gyda'r stondinwr. Ai bai y gwn neu fai'r cwrw oedd y saethu crwca?

O ran y plant lleiaf un, eisteddent yn fodlon mewn ceir bach pren yn troi'n hamddenol araf.

Roedd cerddoriaeth chwil y ffair lond y gwynt a hen sipsi mewn carafán yn llosgi arogldarth a darllen dwylo am swllt.

Mewn cornel arall roedd stondin gwerthu ieir byw, a gyferbyn â'r gornel honno safai dyn mewn siwt flêr yn ceisio gwerthu poteli'n llawn hylif lliwgar.

'Oel pen moel. Oel pen moel!' gwaeddai'r dyn ar draws y cyfan. Oel i dyfu gwalltiau'n ôl – ac roedd ambell gwsmer yn ddigon gwirion i brynu.

Draw yn y babell focsio, roedd un o'r bechgyn lleol yn rhedeg i bob cyfeiriad er mwyn osgoi'r bocsiwr pwysau trwm oedd yn ei hela. Yr her oedd goroesi un rownd yn erbyn y bocsiwr am bunt – cyflog wythnos i'r rhan fwyaf.

Roedd y lle dan ei sang a'r dorf yn mwynhau ymdrechion y gweision lleol i ennill y bunt. I'r rhai oedd yn ddigon dewr i geisio sefyll eu tir yn erbyn y bocsiwr pwysau trwm, yr un fyddai'r canlyniad bob tro. Er, fe lwyddodd un bachgen i dynnu mymryn o waed o drwyn y bocsiwr, cyn iddo yntau, fel pawb arall o'i flaen, gael ei lorio.

Draw yn yr Harry Hickman Boxing Show, gwaeddai Harry,

'A pound a round!' er mwyn denu'r cystadleuydd nesaf. Ei gwsmeriaid gorau oedd yr hogiau oedd wedi cael llond bolied o gwrw. Hogiau fferm oedd y rhain, yn herian ei gilydd ac yn cael gwers gan yr hen Gus. Er bod Gus yn ddeugain oed a heibio ei orau, roedd o wedi ymladd yn erbyn y goreuon yn anterth ei yrfa.

Rhedai'r bachgen ifanc o gwmpas y cylch a phob tro y ceisiai Gus ei gornelu, llwyddai'r bachgen i ddianc. Roedd gan Harry Hickman a Gus ddealltwriaeth. Cyn gorffen pob gornest roedd hi'n bwysig diddanu'r dorf am funud neu ddwy gan fod pawb wedi talu swllt i ddod i mewn.

Ar ôl munud o'r gêm gath a llygoden, dechreuodd y bachgen flino. Cornelodd Gus ef, taro ergyd drom a'i lorio. Wrth iddo daro'r cynfas aeth sŵn 'Www!' drwy'r dorf. Llusgwyd y bachgen o'r cylch yn ddiseremoni a daeth Harry i'r canol i wahodd yr ymladdwr nesaf.

'A pound a round!' gwaeddodd. Y tro hwn, distawrwydd.

Roedd Gus wedi gweithio'i ffordd yn llwyddiannus drwy'r bechgyn meddw i gyd a chan nad oedd neb arall ar ôl, dechreuodd y dorf ymadael.

'How much for knocking him out?' gwaeddodd un llais o'r gynulleidfa.

Syrthiodd mantell o ddistawrwydd dros y babell wrth i Harry orfod meddwl am eiliad neu ddwy.

'Come on! How much for knocking him out?' holodd y dyn ifanc am yr eildro.

Daeth Gus i sefyll nesaf at ei gyflogwr er mwyn edrych ar y llanc beiddgar. Lledodd gwên ar draws ei wyneb a gwnaeth arwydd heriol gyda'i faneg i annog y dyn ifanc i ddod ymlaen.

Cododd y ddrama fach hon chwilfrydedd y dorf.

'Five pounds!' dywedodd Harry.

Yn sŵn bloedd werthfawrogol y dorf, neidiodd y dyn ifanc drwy'r rhaffau ac i mewn i'r cylch. Yn wahanol i weddill y bechgyn, doedd dim torf o ffrindiau meddw ganddo i'w gefnogi. Dim ond ei gariad, Meg Lewis, oedd yno. Syllai hithau arno'n gegrwth anghrediniol. Roedd y berthynas a ddechreuodd yn brynhawn o bysgota cimychiaid o gwch rhyfo ym Mae Porth Dafarch newydd gymryd tro annisgwyl arall.

Tynnodd y bachgen ei gôt ac yna ei grys. Collodd calon Harry guriad ar ôl gweld ei gorff cydnerth. Damia! Roedd barnu ar yr olwg gyntaf wedi bod yn gamgymeriad gan fod gan y dyn yma bŵer annisgwyl o dan ei ddillad bob dydd.

Dim ond cynddeiriogi Gus mwy wnaeth y dadwisgo. Roedd y dyn yma'n meddwl fod ganddo obaith, ac i Gus, roedd hon wedi troi'n fwy na gornest focsio, roedd hi'n frwydr am ei falchder. Fe wna i'n dam siŵr fod y dyn yma'n dioddef, meddyliodd; yn cael stid ac wedyn cael ei gario'n ôl bob cam i Lanbechingalw, neu ba bynnag dwll cachu arall y daeth ohono.

Gwisgodd y dyn ifanc y menig bocsio a'i wyneb yn hollol ddifynegiant, fel petai o wedi gwneud hynny droeon lawer.

Canodd y gloch.

Safodd y dyn ifanc yn llonydd fel delw heb roi'r un droed ymlaen na chodi ei fenig. Cerddodd Gus ato, ei gorff yn symud o ochr i ochr ac, fel pob bocsiwr llaw dde, yn arwain gyda'i faneg chwith. Erbyn i Gus sylweddoli ei gamgymeriad, roedd hi'n rhy hwyr. Roedd y dyn o'i flaen yn un o'r rhai prin hynny a focsiai gyda'i law chwith.

Ar ôl gweld maneg dde'r dyn ifanc yn codi, gwaeddodd Harry,

'He's a southpaw!' ond yn rhy hwyr. Chwipiodd y dyn ifanc law chwith nerthol ar draws wyneb Gus a'i ddal yn daclus ar bigyn ei ên.

Rhewodd Gus am eiliad o anghrediniaeth cyn dymchwel yn bentwr i'r cynfas.

Pennod 3

Er gwaethaf holl erchyllterau'r Rhyfel Mawr, roedd un peth wedi llewyrchu yn ei sgil, sef yr economi.

Oherwydd yr angen i fwydo bwystfil anghenus yr ymladd rhwng 1914 ac 1918, bu diweithdra'n isel, y ffatrïoedd yn llawn a'r ffermydd yn brysur. Ond erbyn 1920, roedd yr economi wedi arafu. Mewn ardaloedd fel Ynys Môn, roedd diweithdra'n beryglus o uchel a strydoedd y trefi'n llawn dynion ifanc yn cicio'u sodlau. Yn eu plith roedd cariad Meg Lewis – y bocsiwr a'r pysgotwr cimychiaid. Galwai pawb y bachgen ifanc hwn wrth ei gyfenw, sef John. Yn ystod y rhyfel, bu galw mawr am delegramau ond yn dilyn y cadoediad bu llai o alw a chollodd negeswyr fel John eu swyddi. Er i gynllun yswiriant Lloyd George ei gynnal am ychydig fisoedd, roedd y taliadau hynny wedi gorffen a'i adael yn dlawd fel trempyn. Roedd y pum punt a enillodd wrth focsio yn y ffair wedi hen fynd ac er mwyn goroesi, trodd John at y farchnad ddu. Meddyliai amdano'i hun fel oportiwnydd yn mentro; dyn oedd yn gorfod addasu er mwyn goroesi a chadw llygad barcud am y cyfle nesaf.

Er mwyn llwyddo yn y byd tywyll hwn, dysgodd ddefnyddio ei holl synhwyrau a defnyddio pob mantais a roddodd ei greawdwr iddo. Wrth wrando ar ei synhwyrau'n astud, dechreuodd weld pethau nad oedd wedi sylwi arnynt o'r blaen.

Dysgodd sut i ddehongli a darllen pobol. Dysgodd adnabod celwyddau drwy chwilio am y cliwiau bach; adnabod celwydd yn y llygaid ac yn y ffordd y symudai'r dwylo wrth siarad. Penderfynu pwy oedd yn dryst, dyna oedd anoddaf. Roedd hi'n haws rhagweld y tywydd nag adnabod y drwg ymysg ei rwydwaith o gysylltiadau. Byddai rhywun a ymddangosai'n ddiniwed ar yr olwg gyntaf yn gallu bod yn wahanol iawn o dan yr wyneb, a buan y datblygodd y gallu i adnabod ei elynion yn dda. Fel pob rebel, ei ofid mwyaf oedd y bradwr ymysg ei ffrindiau.

Er ei fod yn chwarae gêm beryglus, byddai'n cael cic o'r wefr; y wefr o herio'r drefn. Y peth pwysicaf oll oedd adnabod ac osgoi'r rhai oedd yn fodlon ei fradychu am gildwrn. A dyna a wnâi heddiw. Eisteddai wrth fwrdd o flaen un o dafarndai Caergybi yn gadael i'w lygaid grwydro'n araf dros y dociau rhag ofn bod rhywun yn y cysgodion; yr heddlu, yr awdurdodau neu ryw elyn anweledig arall.

Wrth ei draed, roedd ganddo'i gontraband diweddaraf – bocs mawr o sigârs o Cuba. Roedd o yno heddiw i geisio eu gwerthu. Taniodd un ohonynt. Chwythodd gwmwl i'r awyr. Doedd smocio ei nwyddau crwca ei hun ddim yn beth anghyffredin – i ddweud y gwir, hysbysebu oedd hyn.

Gadawodd i'r oglau melys ymledu dros y dociau fel arwydd i bawb oedd yn pasio fod y nwyddau ar werth. Roedd porthladd Caergybi'n fagned i nwyddau tebyg. Bob dydd deuai nwyddau o bob cwr o'r byd ar y llongau, ac fe syrthiai ambell focs i ddwylo blewog yr hogiau lleol.

Daeth perchennog y dafarn draw ato a chynnig papur newydd iddo. Roedd y tafarnwr eisiau dangos ei werthfawrogiad gan ei fod wedi cael un o'r sigârs bendigedig am bris gostyngol.

Agorodd John y papur newydd a sylwodd fod rhywun wedi rhoi cylch o amgylch hysbyseb yn nodi fod Heddlu'r Met yn Llundain yn cynnig swyddi. Roedd yr alwad am ddynion ifanc, ffit dros eu dwy lath. Sgwariodd a sythodd ei gefn fel petai'n mesur ei hun yn erbyn y disgrifiad.

Rhwygodd yr hysbyseb allan o'r papur, chwalodd ben y sigâr i mewn i'r bwrdd a gadael gyda'i focs o nwyddau o dan ei fraich.

Pennod 4

Llundain

Cerddodd John rhwng pileri Groegaidd yr Euston Arch ac allan i Drummond Street. Bu'r daith o Gaergybi i Lundain ar y trên yn un hir. Edrychodd ar ei oriawr – roedd ganddo dair awr cyn ei gyfweliad. O'r diwedd, ar ôl blwyddyn o ddiweithdra, roedd cil y drws wedi dechrau agor ar ei obeithion am waith.

Gosododd ei fag ar lawr a thanio un o'i sigârs. Aeth i'w boced ac estyn map o Lundain – rhodd gan hen gyfaill o'r Swyddfa Bost. Gwelodd Euston Station ac yna Drummond Street. Edrychodd o'i gwmpas. Dywedodd rhywun wrtho rywdro y gellid darganfod harddwch ym mhopeth, dim ond i chi syllu'n ddigon hir. Serch hynny, darlun go lwm o fywyd dinas oedd o'i flaen. Pobol, ceir ac ambell geffyl a thrap yn gwibio hwnt ac yma. Gwyliodd ddyn yn chwibanu wrth sgubo'r stryd, merch yn gwerthu blodau, a chlywodd gri rhyw werthwr papur newydd, ei lais yn cario o rywle ar yr awel. Na, ar ôl syllu am rai munudau doedd dim byd arbennig am yr olygfa – dim byd o'i gymharu â harddwch bro ei febyd.

Chwythodd y mwg yn uchel – ac yna fe'i gwelodd eto. Cofiodd ei weld ar y platfform gynnau bach. Dyn mewn siwt lwyd *herringbone* ac esgidiau *Oxford two tone* trawiadol am ei draed; canolig ei faint gyda mwstás taclus a gwallt brown. Fflachiai llygaid y dyn canol oed i bob cyfeiriad fel petai'n sganio pawb a phopeth am gyfle. Doedd dim amheuaeth ym meddwl y Cymro mai un o ladron Llundain oedd hwn – ac un eithaf llwyddiannus o edrych ar lewyrch ei ddillad drud.

Ciciodd ei hun am fod mor esgeulus. Yn ôl ar y platfform, ar ôl dod oddi ar y trên, roedd o wedi edrych ar ei fap ac wedi agor ei waled i gyfri'r ychydig arian oedd ganddo. A dyna gododd chwilfrydedd y lleidr, mae'n siŵr, gweld dieithryn yn fflachio'i waled a'i sigâr ddrud.

Am eiliad, edrychodd ar ei ddillad ei hun. Roedd siaced ei siwt wedi gwisgo'n dwll ar y ddwy benelin ac un botwm yn brin. Roedd ei drowsus wedi mynd i sgleinio hefyd. Am eiliad, teimlodd gywilydd; cywilydd fod gan ladron y stryd well dillad na fo. Eto, ar ôl blwyddyn o ddiweithdra, dyna'r gorau oedd ganddo.

Safai'r dyn gyferbyn ag o yn cicio'i sodlau'n ddibwrpas gan gogio darllen poster ar y wal. Ar ôl gorffen ysmygu, chwalodd John y sigâr i'r palmant a cherdded yn bwrpasol i gyfeiriad Camden Town. Glynodd y dyn ato fel cynffon yr holl ffordd. Trodd y Cymro oddi ar y ffordd brysur ac i lawr lôn fach gul a redai tu ôl i'r rhes o dai. Edrychodd yn sydyn dros ei ysgwydd a gwelodd y dyn yn cyflymu tuag ato. Roedd hyn am fod yn weddol ddi-lol, meddyliodd wrth droi'r gornel.

Un rheol answyddogol ar strydoedd Caergybi oedd peidio byth â chroesi'r cyn-bostmon ifanc hwn – ac roedd y dyn yma newydd wneud!

Pan drodd y lleidr i mewn i'r lôn fach gul y peth olaf a ddisgwyliai oedd y dwrn a ddaeth tuag ato fel morthwyl a'i lorio fel doli glwt.

* * *

'Working as a policeman in the Metropolitan Police requires dedication and long hours. Tell us about any relevant experience you have,' meddai Cadeirydd y panel cyfweld mewn Saesneg uchel-ael. Eisteddai a'i gefn yn syth fel pocer a'i wyneb yn hollol ddifynegiant.

'I was still at school when I took my first job, Sir. It was 1910 and I was ten years old.'

Doedd fawr o ddewis ganddo. Roedd bywyd yn galed a dim ond cyflog glanhäwr oedd gan ei fam i'w cynnal.

'I got a job helping a farmer with his milk round in the local village on Anglesey.'

Disgrifiodd sut yr arferai godi am chwech bob bore cyn mynd i'r ysgol. Tynnai asyn y fflôt lefrith ar hyd y strydoedd a'i waith yntau oedd rhedeg o dŷ i dŷ yn arllwys llefrith i'r jygiau a adawyd gan y cwsmeriaid ar stepen pob drws. Tri a chwech yr wythnos oedd ei gyflog.

Yn ddeuddeg oed cafodd swydd fel negesydd i siop groser yn Rhosneigr. Ar ôl i ddiwrnod yr ysgol ddirwyn i ben, ac ar ei ddyddiau Sadwrn, cludai nwyddau'r siop i gartrefi'r ardal – a hynny ymhob tywydd. Ei gyflog oedd deg swllt yr wythnos.

Yn 1914, ar ôl gadael yr ysgol yn bedair ar ddeg, dechreuodd swydd fel negesydd telegramau'r Swyddfa Bost yng Nghaergybi. Roedd ei ddiwrnod gwaith yn ymestyn o wyth y bore hyd wyth yr hwyr. Gwisgai lifrai'r Swyddfa Bost a seiclai ar ei feic coch o gwmpas tref Caergybi yn anfon y telegramau. Disgrifiodd y gwaith trist adeg y rhyfel pan fyddai'n rhaid iddo gludo newyddion drwg am farwolaeth y meibion yn ei law. Wrth gofio am hynny lledodd ton o dristwch drosto. Roedd enwau'r bechgyn a gollwyd i gyd ar y cerrig coffa erbyn hyn.

'After serving as a boy messenger for a few more years, I became a postman. But I am currently unemployed having lost my job last year, Sir,' ychwanegodd.

Nodiodd aelodau'r panel yn werthfawrogol o'r ateb

cynhwysfawr – doedd ar y dyn ifanc yma ddim ofn gwaith caled! Ar ôl ateb sawl cwestiwn arall a chyn i'r cyfweliad dynnu at ei derfyn, cafwyd un cwestiwn olaf gan Gadeirydd y panel. Er bod y cyfweliad wedi mynd yn dda, tybed oedd y cwestiwn olaf am ei faglu?

'Mr John. What are your ambitions?'

Daeth yr ateb iddo'n o rwydd. Roedd yr ymgeiswyr eraill wedi ateb y cwestiwn hwn gyda llith. Bu rhai'n sôn am wireddu potensial, eraill yn sôn am ennill dyrchafiad a chael eu cydnabod am waith clodwiw.

Er mawr syndod i'r tri ar y panel, dim ond dau air oedd ei angen arno.

'To survive.'

Nodiodd aelodau'r panel yn unfryd. Diolchodd y dyn ifanc iddynt a mynd allan, gan adael distawrwydd ar ei ôl wrth i aelodau'r panel hel eu meddyliau.

Yn sicr, roedd Mr John wedi creu cryn argraff ar y Cadeirydd a edmygai ei ymroddiad, yn enwedig o gofio fod pris tocyn trên o Sir Fôn mor ddrud i ddyn di-waith.

Ond doedd pawb ddim yn gytûn.

'His ill-fitting suit – hardly what I'd expect a candidate to wear for an interview. He was bursting out of it, did anyone else notice?' dywedodd un aelod o'r panel yn goeglyd.

Rowliodd y Cadeirydd ei lygaid tua'r to. Er bod hyn yn wir, roedd gofyn edrych tu hwnt i hynny. Gwenodd cyn ateb:

'Then he can get a suit that fits him with his first wage.'

Ac yntau dros ei ddwy lath yn braf, roedd Mr John o Ynys Môn ar fin derbyn llythyr yn ei longyfarch ar ei lwyddiant.

Pennod 5

'Trên i Afon Wen!' galwodd y gard.

Allan o'r cwmwl du o fwg, llusgodd y trên yn ddiog at y platfform yng ngorsaf Bangor. Safai John ar ei ben ei hun ar y platfform gyda bag unnos dros ei ysgwydd.

Wrth weld y trên ac arogli nwyon yr injan daeth ton o hiraeth drosto. Nid hiraeth am yr holl droeon y gwnaeth yr union drip yma gyda'i fam i weld Nain Pen Llŷn, ond hiraeth oherwydd bod y tripiau hudol hyn i ardal anghysbell Bryn Mawr ar fin dod i ben. Ers marwolaeth ei nain roedd ei fam wedi etifeddu'r hen fwthyn, a phwrpas heddiw oedd mynd yno i rannu'r newyddion gyda'i fam ei fod yn mynd i Lundain.

Roedd o wedi blino ar ôl codi gyda'r wawr i ddal y trên cyntaf o'i gartref yn Rhosneigr. Roedd cymal nesaf ei daith ar fin cychwyn a doedd y trên i Afon Wen byth ar frys. O ran diwedd ei daith heddiw, petai rhywun yn rhoi pìn yng nghanol map o'r penrhyn byddai ei blaen hi'n siŵr o suddo i ardal wledig Bryn Mawr.

Pendwmpiodd ar hyd y daith a deffro bob tro y stopiai'r trên. Ymhob gorsaf deuai'r gyrrwr allan am sgwrs gyda'r gard. Yr un sgwrs hamddenol yn union oedd i'w chlywed ganddo'r holl ffordd i Afon Wen. Na, doedd neb yn gwylio'r cloc ar y lein yma.

Cyrhaeddodd y trên Afon Wen lle croesodd John y bont dros y trac a dal y trên i Bwllheli. Ym Mhwllheli, yn ôl y trefniant, arhosai Mr Griffiths Tŷ Capel amdano gyda *pony* a thrap er mwyn ei gludo'r deuddeng milltir olaf i Fryn Mawr.

Troellai'r trap drwy'r lonydd cul, heibio i fythynnod gwyngalch to gwellt. Ni welsant yr un car na bws ar hyd y daith. Roedd y golygfeydd yn odidog i bob cyfeiriad. I'r gorllewin, y môr, ac i'r dwyrain, caeau gwyrddion yn gweu patrymau tua'r gorwel pell. I drigolion Bryn Mawr, *pony* a thrap Mr Griffiths oedd yr unig gysylltiad gyda'r byd mawr.

Ar ddiwedd y daith roedd ei fam yn aros amdano. Gwraig fach brysur, ddi-lol ei natur; un a gadwai ei hun ati hi ei hun. Gwraig ei chynefin, byth yn mynd i unman heblaw bod rhaid. Roedd hi wedi dod yma i weu ei bywyd syml yn y filltir sgwâr.

Yn ystod ei fachgendod, arferai John ddod i'r ardal ar wyliau at ei nain. Byddai'n gorwedd ar y llethrau ar bnawniau hyfryd o haf a syllu ar yr awyr las. Cofiai feddwl wrth wylio'r cymylau'n pasio uwchben mai yma yr hoffai o fyw a marw. Byw pob dydd yn llawn a marw ar ddiwrnod o haf, yn gorwedd gyda'r haul ar ei wyneb ar wely o flodau gwyllt.

Ar fwrdd glân y gegin roedd ei fam wedi gosod menyn a jam cartref a thorth o fara'n syth o'r popty. Doedd bwyd byth yn brin!

'Am faint ti'n aros?' holodd ar ôl gwylio ei fab yn claddu'r bwyd.

Suddodd ei galon. Roedd ganddo newyddion anodd i'w rhannu. Newyddion oedd yn dda ac eto'n ddrwg.

'Dim ond am noson dwi'n aros.'

Roedd y siom ar wyneb ei fam yn amlwg, er iddi wneud ymdrech deg i guddio hynny.

'A pha newyddion sydd gen ti i dy fam felly? Mae 'na reswm pam ti'n gorfod rhuthro'n ôl mor sydyn, dwi'n cymryd?' holodd gyda thinc o dristwch yn ei llais.

'Dwi wedi cael cynnig swydd yn Llundain. Dwi'n gadael nos yfory.'

'Llundain bell? Pa fath o swydd, 'ngwas i?'

Er iddi geisio dangos brwdfrydedd ynghylch ei lwyddiant roedd y siom yn ei llais yn amlwg.

'Dwi wedi cael cynnig swydd fel plismon. Wythnos i heddiw mi fydda i'n gwisgo iwnifform newydd a bydd pawb yn fy ngalw i'n P.C. John.'

Gwenodd ei fam yn ddewr a rhoi un llaw ar ei ysgwydd a gwasgu'n dynn. Doedd hi ddim yn un i ddangos ei theimladau ond roedd ei chyffyrddiad dieiriau yn dweud y cyfan.

'Mae P.C. John yn swnio'n deitl crand iawn. Llongyfarchiadau. Bendith arnat ti, 'ngwas i!'

'Diolch,' dywedodd, ei geg yn llawn bara.

'Ydi Meg yn mynd efo ti?' holodd ei fam ar ôl cofio amdani.

'Nacdi,' atebodd yn swta fel petai'r pwnc yn un rhy losg i'w drafod. Oherwydd y swydd newydd yn Llundain roedd Meg ac yntau wedi penderfynu dod â'r berthynas i ben, er bod hynny wedi torri calonnau'r ddau.

Nodiodd ei fam yn dawel a chydymdeimladol. Oedd, roedd rhaid mynd lle'r oedd y gwaith. Gwell oedd newid y pwnc, meddyliodd.

Aeth ei fam i nôl darn papur o'r silff ben tân a'i osod o'i flaen. Dechreuodd ddarllen a bwyta ar yr un pryd. Sylwodd mai Saesneg oedd yr iaith a phennawd y ddogfen oedd *Last will and testament*. Arafodd ei gnoi pan welodd ei enw. Oedd o'n dychmygu'r peth, neu oedd ei fam yn bwriadu gadael ei chartref iddo yn ei hewyllys?

'Mae gen ti wir ddiddordeb yn yr hen le, yn does?'

Roedd hyn yn wir. Yn y lle hudol hwn y bu hapusaf. Y rhyddid i grwydro, yr hafau hir yn pysgota'r nant a cherdded y llethrau am filltiroedd i bob cyfeiriad. Yr atgofion hyn oedd yn ei dynnu'n ôl fel magned. A dyma felly oedd ei wobr – bwthyn gwyngalch a chwe acer o dir.

'Y cysur mwya i dy fam yw dy ddychmygu di yma – ar ôl i mi fynd.'

Yn y foment honno edrychai ei fam mor fregus. Teimlai'r dagrau'n cronni yn ei lygaid ond doedd ganddo ddim clem sut i ddiolch iddi am adael ei chartref iddo. Doedd dweud *diolch, Mam* ddim yn swnio'n ddigon rhywsut, gan mai dyna a ddywedai ar ôl iddi roi platiad syml o fwyd o'i flaen.

Pennod 6

Ar y platfform wrth aros am ei drên i Lundain clywodd rywun yn galw ei enw. Trodd i weld Meg Lewis yn syllu'n ôl. Doedd o ddim wedi ei gweld ers iddo dorri'r newyddion ei fod yn symud i Lundain.

'Ro'n i isio dod i ddweud pob lwc,' dywedodd Meg, gan geisio cuddio'r mymryn cryndod yn ei llais. Yn ei thymer roedd hi wedi ei alw'n 'ddiawl hunanol' am ddewis swydd yn Llundain yn lle ei dewis hi.

Roedd tristwch y tawelwch dieiriau a syrthiodd rhyngddynt wedyn yn dweud y cyfan – fel petai'r ddau yn gwybod yn reddfol rhywsut na fyddent fyth yn profi'r fath gariad eto.

Gwenodd Meg ond doedd dim cysuro wedi bod arni ers iddynt orffen. Roedd yr hiraeth wedi gafael ynddi'n syth. Hiraeth oedd wedi peri i'w llygaid losgi'n wlyb droeon lawer. Hiraeth oedd yn ddigon cryf i wneud iddi gerdded am oriau ar hyd traethau unig yr ynys.

Arhosodd yn ei hystafell, ddydd ar ôl dydd, yn ymgolli mewn pwll o dristwch. Eto, doedd dim chwerwder, doedd hi'n dymuno dim drwg iddo.

Gwenodd Meg wên fach ddewr ar y platfform.

'Dyma dy drên di,' dywedodd wrth sychu deigryn, gan geisio ysgafnhau dwyster y foment. Cododd ar flaenau ei thraed a phlannu cusan ar ei foch. Yna, trodd a mynd. Wrth iddo gau drws y cerbyd a'i gwylio hi'n cerdded i ffwrdd, cafodd y teimlad ei fod newydd wneud camgymeriad mwyaf ei fywyd.

Pennod 7

Holborn Hotel, Llundain
1929

Eisteddai John yn yr Holborn Hotel yn aros am ei gyfaill bore oes. Roedd machlud haul yn cropian i mewn drwy ffenest bar y gwesty gan ychwanegu gwawl euraidd i'r ystafell a gyrru'r llwch i scrennu yn yr awyr. Daeth pelydr cryf o haul drwy'r ffenest gan ddallu'r heddwas am eiliad. Caeodd ei lygaid ac aros nes bod y smotiau duon wedi mynd.

Tynnodd lythyr o'i boced a'i ddarllen am y canfed tro. Roedd y llythyr gan Heddlu Ynys Môn yn diolch iddo am fynychu'r cyfweliad ac yn ei longyfarch ar ei apwyntiad. O hyn ymlaen, nid D.S. John, Metropolitan Police fyddai o ond D.I. John o Heddlu Ynys Môn. Oedd, roedd o'n hoffi sŵn ei deitl newydd. Ar ôl dros wyth mlynedd yn Llundain roedd o ar ei ffordd adref!

Er ei fod yn falch o ddychwelyd adref, roedd y blynyddoedd yn Llundain wedi costio'n ddrud iddo. Yn ystod ei alltudiaeth, collodd ei fam yn ddisymwth ar ôl iddi ddioddef trawiad ar y galon. Ar ôl etifeddu'r cartref ym Mhen Llŷn, gosododd y tir i ddyn lleol a chadw'r bwthyn. O dro i dro, defnyddiodd yr hen le fel dihangfa. Hon oedd ei guddfan ddirgel rhag gweddill y byd.

Daeth pen melyn cyfarwydd ei ffrind i'r golwg. Ar noson fel heno, y drefn arferol fyddai cwpwl o beints gyda'i gilydd, cyn mynd allan am noson fawr yn y ddinas – clybio tan yr oriau mân a hel merched. Athro Lladin yn un o ysgolion bonedd y ddinas oedd Arthur Innes. Cododd D.I. John ei ael yn chwilfrydig pan welodd fod Arthur yn gwisgo *blazer* a sgarff Prifysgol Caergrawnt – dillad hollol anaddas i fynd allan i glybiau nos Llundain. Doedd o erioed wedi gweld ei ffrind yn y fath ddillad o'r blaen a dechreuodd amau fod rhywbeth yn y gwynt.

Aeth John i'w boced i estyn y llythyr ond cyn iddo gael cyfle i rannu ei newyddion, tynnodd Arthur bamffled o'i boced yntau a'i wthio o dan ei drwyn.

'Sut wyt ti'n ffansi mynd i hwn heno?'

Grand opening of the Gwynedd Masonic Lodge number 5068 at the Holborn Hotel.

Dyna'r esboniad am wisg Arthur a'i awydd i gyfarfod yn yr Holborn Hotel yn hytrach nag yn un o'r tafarndai arferol.

Chwarddodd yn uchel yn y gobaith mai jôc oedd y cyfan.

'Y blydi Masons? Wyt ti o ddifri?'

Roedd o eisoes wedi gwrthod sawl cynnig i ymuno â'r Seiri yn barod. Doedd ganddo ddim diddordeb gan eu bod yn bla yn yr heddlu. Yr *alpha males* yn ymuno er mwyn arwain a'r *beta males* yn ymuno er mwyn eu dilyn fel defaid. Roedd o wedi gweld y ddau deip. Yr alffa oedd yn ceisio rheoli pawb a phopeth o'u cwmpas a'r beta oedd yn ymuno rhag ofn colli cyfle.

Yn y ddinas fawr roedd *lodge* i fodloni pawb, rhywbeth at ddant pob dyn proffesiynol – milwyr, llongwyr, bancwyr, plismyn, prifathrawon, penseiri a mwy.

'Yndw. Wrth gwrs 'mod i o ddifri am y Masons,' dywedodd Arthur a'i wyneb yn difrifoli wrth weld ei ffrind yn chwerthin.

'Dwi wedi trefnu i gyfarfod Grand Master y *lodge* newydd yma heno – Sir Vincent Evans. Mae o'n dod am ddiod cyn mynd i'r lansiad. Mae croeso i ti ddod hefyd. Dwi'n siŵr fedra i dy gael di i mewn!'

Ar waelod y gwahoddiad yn ei law, sylwodd John ar enw Cymdeithas y Cymmrodorion, hen gymdeithas lenyddol Gymraeg Llundain. Siglodd ei ben.

'Dim diolch. Dwi'n synnu gweld enw'r Cymmrodorion. Pam mae'r snobiaid Cymraeg yma wedi troi at fyd y Masons?'

'I greu clwb newydd i hogiau o Wynedd fel ni, siŵr Dduw! Lle i ni ddod at ein gilydd. Gwneud cysylltiadau. Beth wyt ti'n ddweud?' gofynnodd Arthur yn frwd, er ei fod yn amau bod ei eiriau'n cyrraedd clustiau byddar.

'Os ti isio gwneud ffrindiau, joinia gapel neu gôr!' awgrymodd John.

Cyn i Arthur gael cyfle i'w ateb daeth dyn boliog hunanbwysig i'r golwg. Gwnâi'r mwstás mawr gwyn ar siâp pedol i Sir Vincent Evans edrych fel walrws mawr surbwch.

Neidiodd Arthur o'i gadair a mynd i'w gyfarch yn frwdfrydig.

'Sir Vincent yw Grand Master newydd y Gwynedd Lodge,' dywedodd Arthur wrth gyflwyno'r hen ddyn oedd yn ei wythdegau.

'Fi sydd yng nghadair Cymdeithas y Cymmrodorion hefyd,' broliodd Sir Vincent. Cododd John ei ysgwyddau'n ddi-hid.

'Mae o'n swnio fel lle da i gael *piles*. Druan ohonoch chi.'

Rhythodd Sir Vincent arno a'i wyneb fel taran a chochodd Arthur mewn cywilydd. Ceisiodd Arthur esgusodi ei ffrind.

'Fel y gwelwch chi, mae D.S. John, fy ffrind, yn dipyn o gês.'

'Dim D.S. John dwi bellach – D.I. John,' dywedodd yn swta.

Cyn i Arthur gael cyfle i holi ei ffrind am ei deitl newydd daeth cawr o ddyn ffyrnig yr olwg i mewn a thorri ar eu traws. Edrychai'r gŵr ifanc cyhyrog â'i farf fawr ddu yn dipyn o lond llaw. Cyflwynodd ei hun fel John Riley. Roedd yntau hefyd yno ar gyfer y lansiad ac wedi dod yr holl ffordd er mwyn cynrychioli Seiri Rhyddion Llangefni, Ynys Môn.

Cymerodd D.I. John yn erbyn hunanbwysigrwydd oer y dyn yn syth.

'Mae Gwilym ar ei ffordd,' dywedodd John Riley'n falch fel cloch. Nodiodd Sir Vincent yn fodlon. Gwilym oedd Gwilym Lloyd George. Roedd sicrhau aelodaeth mab Lloyd George i'r Gwynedd Lodge wedi bod yn bluen fawr yn ei gap. Trodd Arthur at ei ffrind.

'Mae John Riley wedi priodi hogan o Sir Fôn. Ella bo' chdi'n ei nabod hi?'

'Pwy?' holodd D.I. John yn ddifater.

'Meg Lewis oedd hi. Meg Riley ydy hi ers iddi fy mhriodi i,' broliodd John Riley fel petai o biau'r ferch.

Daeth yr enw ato fel bollt a'i daro'n fud. Meg Lewis – ei gariad, y ferch a adawodd o ar ôl wyth mlynedd ynghynt.

Er bod cryn amser ers iddo glywed ei henw llifodd yr atgofion yn ôl. Roedd y newyddion ei bod hi wedi priodi'r llabwst o ddyn yma'n torri drwyddo fel crafanc drwy gnawd.

'Wyt ti'n ei nabod hi?' holodd Arthur.

Diystyrodd D.I. John ei gwestiwn.

Roedd o wedi cael llond bol. Rhoddodd glec i weddill ei beint a gadael. Doedd o'n malio dim am Arthur mewn gwirionedd, yn enwedig ar ôl iddo ddangos ei wir liwiau heno. Dim ond partner peint oedd o a doedd y cyfeillgarwch ddim ond cystal â'r peint roedd o newydd ei orffen.

* * *

Yn y stryd y tu allan i'r Holborn Hotel roedd hi'n dechrau pigo bwrw. Taniodd D.I. John sigarét a chodi coler ei gôt yn erbyn y gwynt oedd yn dechrau codi. Wrth luchio'r fatsien i'r neilltu sylwodd ar ddynes ifanc yn dadlau gyda dyn ychydig yn hŷn a thalach na hi. Gwisgai'r bwtan fach het glosh a chôt ffwr ffasiynol at ei thraed. Roedd hi'n sgwario o flaen y dyn ac yn rhoi llond ceg iddo.

Wrth glosio atynt adnabu D.I. John y ddynes ifanc. Roedd hi yn y papurau yn weddol aml gyda'i thad – David Lloyd George, y cyn-Brif Weinidog. Yn fwy diweddar bu Megan Lloyd George yn y newyddion am gipio sedd Ynys Môn. Hi oedd Aelod Seneddol benywaidd cyntaf Cymru a hawliai'r anrhydedd arall o fod yn Aelod Seneddol er nad oedd ganddi bleidlais ei hun!

Clywodd D.I. John Megan yn galw'r dyn o'i blaen yn Gwil. Hwn felly oedd Gwilym Lloyd George – ei brawd (ac Aelod Seneddol Sir Benfro) oedd yn cael llond pen gan ei chwaer. Chwifiai Megan y gwahoddiad i lansiad y Gwynedd Masons o dan drwyn ei brawd.

'Dwyt ti ddim angen ymuno â'r Masons, Gwil. Cofia, wnaeth Tada erioed wneud ar hyd y blynyddoedd, ac am reswm da hefyd.'

Siglodd Gwilym ei ben a chaledodd ei lygaid yn oer. Roedd y gwahaniaethau barn rhyngddo a'i chwaer wedi dod yn fwyfwy amlwg yn ddiweddar. Er mai Rhyddfrydwyr oedd y ddau ohonynt, roedd Megan yn cyflwyno neges lawer rhy sosialaidd wrth fodd ei brawd. Oherwydd hyn aeth pethau o ddrwg i waeth rhyngddyn nhw.

'Na, Megan. Dwi ddim fel chdi a Tada. Dwi am wneud pethau fy ffordd i fy hun. Mae'r Masons yn llawn cysylltiadau gwleidyddol *first class*,' atebodd Gwilym gyda dicter oer yn ei lais.

Gwyddai David Lloyd George ers tro fod gwleidyddiaeth ei blant yn dra gwahanol. Aeth Megan i'r chwith a Gwilym i'r dde. Er iddynt gael magwraeth ddigon tebyg, y dylanwadau ar ôl hynny oedd yn gyfrifol. Arhosodd Megan yng nghôl y teulu tra bod Gwilym wedi mynd i Brifysgol Caergrawnt ac yna i'r fyddin.

Trodd Gwilym i ffwrdd er mwyn dianc rhag y ddadl ond gafaelodd Megan yn nefnydd ei gôt a gweiddi yn ei wyneb,

'Paid! Os wnei di ymuno efo'r Masons mi fyddi di'n gorfod dawnsio i'w tiwn nhw am byth.'

Gwthiodd Gwilym ei chwaer yn galed mewn ymdrech i dorri'n rhydd a gwelodd D.I. John ei gyfle. Camodd rhyngddynt rhag ofn i bethau droi'n flêr a fflachiodd ei fathodyn.

'All good here, Sir? Madam?'

'Yes. Fine,' atebodd Gwilym yn swta. Sythodd ei dei a mynd i mewn i'r Holborn Hotel. Rhythodd Megan ar ei ôl mewn dirmyg llwyr.

'O ble yn Sir Fôn ydach chi'n dod!' holodd Megan ar ôl i'w brawd fynd o'r golwg. Syllodd D.I. John arni'n syn. Roedd hi wedi adnabod ei wreiddiau ar ôl iddo siarad prin ychydig eiriau o Saesneg. Roedd Megan wedi hen arfer clywed yr union acen honno ar hyd strydoedd yr ynys.

'Caergybi.'

'Ro'n i'n amau. Noswaith dda i chi,' dywedodd Megan wrth ffarwelio.

Pennod 8

Rhosneigr, Ynys Môn
Ionawr 1933

Roedd y gwasanaeth yng Nghapel Horeb ar fin cychwyn a'r pennau i gyd yn troi fel un i wylio Kate Jones a'i gŵr yn dod i mewn. Gan ei bod hi'n hwyr, prysurodd Kate am ei sedd yn ddiymhongar ond cerddai Dr Morgan Jones, Professor of English (ac anffyddiwr rhonc) yn hamddenol hyderus y tu ôl i'w wraig gan edrych hwnt ac yma i odro'r sylw. Gan nad oedd yr Athro o Goleg Prifysgol Bangor wedi tywyllu drws y capel ers blwyddyn, syllai'r wynebau arno'n syn fel petaent yn gwylio rhyw aderyn prin.

Eisteddodd Kate yn ei sedd arferol a phenlinio i ddweud gweddi'n dawel. Anwybyddodd Morgan y ddefod honno. Tynnodd nofel o'i boced a'i hagor heb fymryn o gywilydd a thaflu winc chwareus at ei gynulleidfa.

Er gwaethaf diffyg crefydd Dr Jones doedd yna neb yn falchach i'w weld na'r Parchedig Evan James. Roedd golwg anarferol o hapus ar ei wyneb yn y sêt fawr heno. Dyma'r ymweliad blynyddol hirddisgwyliedig lle talai'r Athro siec go hael i'r capel – siec cydwybod er mwyn prynu sedd ei wraig yn y capel am flwyddyn arall.

Mewn sedd gyfagos eisteddai Wil y postfeistr lleol a Nel ei wraig. Roedd Wil yn syllu ar Kate Jones – gwraig y Proff – ei lygaid yn gwibio'n awchus fel gwenci wyllt ar hyd ei chorff gosgeiddig.

'Paid â syllu,' sibrydodd Nel gan wenu'n ffals ar ambell un a'i gwelodd yn pwnio ei gŵr. Oedd, roedd hi wedi syrffedu ar obsesiwn ei gŵr â gwraig y Professor.

Yn y seti cefn eisteddai John a Meg Riley. Adroddai'r llathen o wacter rhyngddynt gyfrolau am gyflwr eu perthynas. Nesaf atynt, yn edrych yn ddiflas yn ei dillad Sul, eisteddai Nansi, eu merch ddeuddeg oed. Datgelai wyneb diflas y plentyn iddi gael ei llusgo yno yn erbyn ei hewyllys.

Gwisgai Meg Riley sgarff am ei gwddf, sgarff i guddio pechodau – cuddio'r cleisiau duon ar ei chroen gwelw lle bu bysedd John ei gŵr yn gwasgu. Daliai John Riley ei lyfr emynau'n agos at ei wyneb mewn ymdrech (aflwyddiannus) i guddio'r graith newydd ar ei foch. Roedd rhwyg ddofn yn ei gnawd lle plannodd Meg ei hewinedd er mwyn amddiffyn ei hun a'i orfodi i ollwng ei afael arni, a llithiau o sewn trwch blewyn i lewygu.

Pwmpiodd yr organydd nodau'r emyn cyntaf ac ar orchymyn y Parchedig Evan James, cododd ei braidd i ganu'r emyn 'Cudd fy meiau'.

Pennod 9

Er gwaethaf ei gyflwr bregus casglodd Harri Lewis ddigon o nerth i godi o'i wely, gwisgo a straffaglu i swyddfa'r cyfreithwyr T. Lloyd Jones & Co yn nhref Caergybi. Roedd Harri Lewis yn flin gacwn ar ôl clywed si bod John Riley wedi bod yn camdrin ei ferch. Meg a John Riley oedd tenantiaid di-rent ei hen gartref ond nid oedd Harri wedi ildio perchnogaeth y fferm na'r tir iddynt. Er bod ei gorff yn eiddil roedd ei feddwl yn dal yn finiog fel rasel. Roedd o'n benderfynol o wneud un peth arall cyn gadael ei fywyd meidrol. Roedd Harri wedi penderfynu mai digon oedd digon.

'Ydi'r penci gwirion i mewn? Dwi isio'i weld o,' dywedodd wrth Sylvia Roberts yn y dderbynfa lom. Roedd Sylvia'n ddynes ddeugain oed gyda chroen gwelw, gwallt du fel y frân a lipstic coch llachar. Hi oedd wyneb cyhoeddus y cwmni bach a doedd neb yn cael gweld Lloyd Jones y cyfreithiwr heb ei chaniatâd hi'n gyntaf.

'Ydy. Cymrwch sedd, Mr Lewis,' dywedodd hithau ond doedd Harri'n gwrando dim. Cerddodd yn syth at ddrws Lloyd Jones gan adael Sylvia'n syllu'n syn ar ei ôl.

'Ralgo,' dywedodd Lloyd Jones mewn syndod wrth weld y drws yn agor heb wahoddiad. Suddodd ei galon o weld pwy oedd yno. Oedd, roedd yr hen ddiawl Harri Lewis wedi atgyfodi o'r meirw.

Yn anterth ei ddyddiau, Harri oedd ei gwsmer orau ac anoddaf. Fel ffermwr llwyddiannus a dyn busnes craff, bu Harri yno droeon lawer. Glanio'n ddirybudd fel hyn yr arferai ei wneud bob tro roedd angen gwaith cyfreithiol arno i brynu neu werthu eiddo.

Cododd Lloyd Jones i'w groesawu ond wfftiodd Harri ei law. Doedd ganddo ddim amser i nonsens ffurfiol felly.

'Steddwch, da chi, ddyn. Fydda i ddim yma'n hir,' dywedodd trwy bwl o beswch, heb fwriadu eironi amlwg ei eiriau.

'Sut fedra i eich helpu chi, Mr Lewis?' holodd Lloyd, yn ceisio dyfalu pam roedd ei hen gwsmer wedi ymddangos fel hyn.

'Dwi yma i wneud ewyllys newydd. 'Stynnwch y papurau,' mynnodd Harri'n ddi-lol.

Chwarddodd Lloyd Jones.

'Ond mae ganddoch chi ewyllys yn barod.'

Dechreuodd amau fod Harri wedi dechrau drysu yn ei henaint. Roedd yr ewyllys wedi ei setlo dro yn ôl, a Harri wedi gadael popeth yn drefnus i'w ferch, Meg Riley.

Trawodd Harri ei ffon ar y llawr a tharanodd ei lais.

'Dach chi ddim yn dallt Cymraeg, ddyn? Dwi yma i wneud ewyllys – un newydd!'

'Reit, iawn, wrth gwrs,' dywedodd Lloyd Jones gan gochi. Prysurodd i glirio'r ffeiliau o'i ddesg ar gyfer y dasg.

'A pheidiwch â dechrau amau 'mod i wedi colli fy marblis. Ella 'mod i'n eiddil fy nghorff ond dwi'n iawn i fyny fama,' dywedodd Harri gan dapio'i ben.

'Sylvia. Dewch â ffeil Mr Lewis,' galwodd Lloyd Jones yn uchel ac mewn llai na munud roedd Sylvia yno'n ufudd gyda'r ffeil. Cipiodd Lloyd Jones y ffeil o'i llaw heb ddiolch. Ciliodd Sylvia yn ôl at ei desg yn dawel.

'Dach chi dal i drin eich staff fel baw, dwi'n gweld,' dywedodd Harri yn ddiflewyn-ar-dafod ac yn ddigon uchel i Sylvia ei glywed.

'Ga i ofyn pam bo' chi eisiau newid yr ewyllys, Mr Lewis?' holodd Lloyd cyn dechrau drafftio.

'Achos fy mod i am adael bob dim i Nansi, fy wyres.'

Syllodd Lloyd Jones arno'n syn heb wybod yn iawn oedd o'n tynnu coes ai peidio.

'Ond Mr Lewis. Hogan fach ydy hi.'

'Dwi'n blydi gwybod hynny. Mi fydd popeth *in trust* tan ei bod hi'n ddigon hen. Blydi hel, be sy'n bod arnoch chi, ddyn? Dach chi ddim yn gwybod be ydy ystyr y gair "ewyllys"? 'Ych job chi ydy ffeindio'r blydi geiria cyfreithiol, y blydi mymbo jymbo dach chi'n cael eich talu i sgwennu,' ychwanegodd mor gadarn nes ysgwyd Lloyd Jones.

'Ga i ofyn pam dach chi wedi newid eich meddwl am adael bob dim i'ch merch, Meg?'

'Achos ei bod hi'n briod efo'r hen fastard yna, John Riley – a dwi ddim isio i'r mochyn yna gael ceiniog ar fy ôl i.'

'Ydi hynna'n ddoeth, Mr Lewis? Cofiwch fod...'

Cododd Harri ei lais.

'Ar fy llw, dwi erioed wedi gweld dim byd tebyg. Dach chi'n styfnigo fel hwch o flaen lladd-dy. Gwnewch bopeth *in trust* i Nansi. Dyna'i diwedd hi!'

Doedd yr hen Harri ddim mor ffwndrus ag yr oedd ei osgo'n ei awgrymu. O brofiad, gwyddai Lloyd Jones nad oedd pwynt ceisio rhesymu ag o. Eisteddodd Harri i wylio'i gyfreithiwr yn dechrau drafftio.

'Dyma ni. Y gora fedra i wneud ar frys fel hyn. Arwyddwch yn y gwaelod ac mi gaiff Sylvia dystio.'

Arwyddodd Harri, tystiodd Sylvia a gadawodd Harri'r swyddfa bron mor ddisymwth ag y cyrhaeddodd.

Heb yn wybod i Harri, roedd y byd wedi symud yn ei flaen. Ers sawl blwyddyn bellach roedd teyrngarwch ei gyfreithiwr wedi newid. Roedd Lloyd Jones yn aelod o'r Seiri Rhyddion ac yn awyddus iawn i blesio John Riley, pennaeth y *lodge*.

Pennod 10

Y noson honno roedd gan Harri Lewis ymwelydd annisgwyl. Yn hytrach na chnocio, roedd yr ymwelydd wedi mynd at y potyn blodau wrth droed y drws ac estyn y goriad o'i guddfan.

Clywodd Harri'r drws yn cau.

'Helô. Pwy sy 'na?' gwaeddodd o'i wely.

Roedd arogl tamprwydd ar gartref Harri ac roedd wedi gweld dyddiau gwell. Ar ôl gadael y fferm symudodd i Gaergybi er mwyn bod yn agosach at ddynoliaeth, ond ar ôl marwolaeth ei wraig aeth popeth ym mywyd Harri ar chwâl (yn enwedig glendid). Gwrthodai gyflogi morwyn i'w helpu rhag ofn iddi ddwyn ei eiddo, chwedl Harri!

Neb yn ateb. Dim ond tawelwch. Crychodd Harri ei dalcen. Cipiodd olwg ar y cloc – deg y nos. Tybed pwy oedd yno mor hwyr? A pheth arall, arferai pob ymwelydd weiddi 'Oes 'na bobol?'

Daeth Harri i'r casgliad mai'r Parchedig Evan James oedd yno gan fod y Parch yn drwm ei glyw ac yn galw'n hwyr ambell dro.

'Dwi yn fy ngwely,' galwodd Harri ar dop ei lais y tro hwn.

'Be ddiawl dach chi isio'r amser yma o'r nos?'

Tawelwch eto.

'Peidiwch â chyboli gwneud te yn y gegin. Dewch â diod go iawn i fyny'r grisiau yna, damia chi, ddyn.'

Byddai'n well gan Harri wisgi na'r baned laethog o de a wnâi'r Parchedig fel arfer.

Dechreuodd yr ymwelydd ddringo'r grisiau. Wrth iddo aros amdano edrychai trwyn wisgi Harri yn gochach nag arfer yng nghanol ei wyneb llwyd. Doedd o ddim wedi siafio nac ymolchi ers dyddiau. Gwyddai fod golwg y diawl arno.

'Sgynnoch chi ddim byd gwell i'w wneud na dod i boeni hen ddyn yn ei wely? Ar ôl fy mhres i dach chi eto, ia?' holodd Harri wrth wrando ar y traed yn croesi'r landin tuag ato.

Dyn diawledig o flin oedd Harri Lewis yn ei henaint ond cadwai'r Parchedig gwmni iddo'n ffyddlon oherwydd bod yr hen ŵr yn cyfrannu'n hael i'r capel. Er bod y Parch yn ffyddlon, doedd Harri ddim yn mwynhau ei ymweliadau. Cas beth Harri oedd ei wylio'n eistedd ar droed y gwely ac arllwys ei de o'r gwpan i'r soser. Yna, yr artaith mwyaf oedd gorfod gwylio'r hen ddyn yn gwneud sŵn hyll wrth sugno'r te yn swnllyd.

Gwyliodd Harri ddolen drws ei ystafell yn troi. Cododd ar ei eistedd yn ei wely er mwyn ei gyfarch.

'Pa niws sy gynnoch chi o'r blydi dre uffernol yma?'

Dyma oedd cwestiwn cyntaf Harri bob tro gan mai newyddion syrffedus y capel oedd gan y Parchedig iddo'r rhan amlaf.

Rhewodd ei wyneb ar ôl gweld pwy oedd yno – nid wyneb caredig y Parchedig ond ffrâm enfawr John Riley yn llenwi'r drws. Ceisiodd Harri weiddi mewn protest ond y cyfan ddaeth allan oedd gwich fach sych.

Symudodd Riley'n sydyn amdano. Gafaelodd mewn gobennydd a'i wasgu i lawr ar wyneb Harri. Aeth dwylo Harri'n reddfol i'w amddiffyn ei hun ond yn ofer. Gwasgodd Riley'n galetach fyth a dechreuodd Harri wanio wrth i'r bywyd lithro ohono.

Pennod 11

'Mae'r ymgymerwr yma!' gwaeddodd John Riley ar ôl gweld hers fawr ddu Meical yn nesáu at y tŷ.

Aeth Meg i ateb y drws. Gwisgai Meical Marw (i ddefnyddio enw'r pentref amdano) glogyn du ac er gwaethaf ei ymdrech i edrych yn dosturiol, edrychai'n debycach i ddyn mewn defod gyda'r diafol. Deuai wyneb hirfain Meical i'r golwg ar ôl pob profedigaeth yn yr ardal. Roedd ganddo wên fach boenus a byddai'n troi ei ddwylo'n nerfus o'l flaen.

'M-a-a-a-'n ddrwg gin i… glywed am eich colled – hen ddyn clên oedd o. *The Lord giveth and the Lord… taketh away.*'

'Peidiwch â rwdlan, Meical. Doedd fy nhad ddim yn ddyn clên – ond mi oedd ei galon o yn y lle iawn. Dewch i mewn.'

Tynnodd Meical ei het ddu a dilyn Meg i'r parlwr lle safai John Riley yn aros amdano.

'Faint dach chi am godi arna i am y claddu yma, Meical Marw? Ydach chi'n fodlon aros tan ddaw pres ewyllys yr hen ddiawl drwodd cyn cael eich talu?' holodd John Riley.

Edrychodd Meical arno o'i gorun i'w sawdl.

'Bore da, Mr Riley. Iawn gen i aros tan fod arian Mr Lewis druan wedi ei sortio,' atebodd.

Gyrrai ei lais main ias oer i lawr cefn John Riley. Cofiai yntau am ffermwyr oedd yn gallu pwyso anifail yn gywir heb angen am glorian, a dyna'n union a wnâi Meical i feidrolion yr ardal – fel petai'n paratoi at adeiladu'r arch.

'Peidiwch chi â meiddio fy mesur i ar gyfer un o'ch eirch, Meical Marw,' dywedodd John Riley wrtho.

'Ma-a-a-'n ddrwg gen i, Mr Riley … Ffôrs of habit, dach chi'n dallt.'

''Dan ni am gael angladd syml, Meical. Agorwch fedd y teulu. Geith o fynd at Mam,' dywedodd Meg yn ddi-lol.

✳   ✳   ✳

Roedd Capel Horeb dan ei sang ar gyfer angladd Harri Lewis. Canolbwynt y galar oedd Meg Riley. Eisteddai hi yn y blaen a sychai ambell ddeigryn. Gafaelai yn dynn yn llaw ei merch Nansi wrth ei hymyl ond anwybyddai ei gŵr ar ei hochr arall. Chynigiai John Riley fawr o gefnogaeth iddi; doedd o ddim yn malio am ei dad yng nghyfraith. Doedd o ddim yn galaru amdano fel pawb arall chwaith.

Gwenodd John Riley wên fach slei gan mai 'marw yn ei gwsg' ddywedodd y meddyg. Ar ôl i Lloyd Jones ei rybuddio am yr ewyllys aeth yno'n unswydd y noson honno. Ar ôl y weithred, sleifiodd y goriad yn ôl dan y potyn – *the perfect murder*, meddyliodd, gan nad oedd neb yn amau.

Crwydrodd meddwl John Riley i ddychmygu sut i wario ffortiwn Harri Lewis. Roedd gan Harri ddwy fferm fawr a bwriad John Riley oedd gwerthu un ohonynt yn syth er mwyn rhyddhau'r arian. Roedd ganddo brynwr mewn golwg yn barod. Dim ond mater o sicrhau llofnod ei wraig ar y ddogfen a byddai'r cyfan drosodd mewn dim.

Daeth Lloyd Jones i mewn i'r capel a mynd i'w sedd gerllaw. Winciodd John Riley arno; winc i gydnabod y gyfrinach oedd rhyngddynt. Unwaith y deuai arian Harri i'w feddiant mi fyddai'n fwy na bodlon talu am ei ddistawrwydd.

Dau gan punt gytunwyd – pris bach i'w dalu am ei ddistawrwydd ac am gladdu'r ewyllys a adawai bopeth i Nansi ei ferch.

Agorodd drws y capel.

Synhwyrodd Meg Riley ei bresenoldeb yn syth. Nid oherwydd bod ganddi ryw chweched synnwyr amdano ond oherwydd bod D.I. John wastad yn hwyr i bopeth. Er na throdd hi i edrych, gwyddai Meg ym mêr ei hesgyrn mai fo oedd yno, wedi dod i gydymdeimlo â hi. Edrychodd dros ei hysgwydd. Oedd, roedd hi'n iawn. Dyn golygus heb fod yn ddel, dros ei ddwy lath, yn tynnu at ei ddeugain, ei wyneb yn greithiog a'i drwyn yn grwca – dyna oedd yr ysbryd hwn o'i gorffennol.

Ceisiodd arafu'r meddyliau oedd yn gwibio fel chwain trwy ei phen. Ar un adeg bu'r ddau ohonynt yn agos iawn, ymhob ystyr. Bryd hynny, roedd rhywbeth greddfol, obsesiynol na fedrai Meg ei reoli na'i ddofi am y cariad a deimlai tuag ato. Caeodd ei llygaid a dychmygodd ei bod yn ôl efo fo yn y cwch bach ym Mae Porth Dafarch. Canolbwyntiodd ar sŵn y tonnau'n llyfu'r cwch a chofiodd sŵn ei lais ifanc direidus. Dyn syml, eto dyn roedd hi'n dal i'w garu er gwaetha'r blynyddoedd. Gwyddai mai hwn oedd yr unig un roedd hi wedi ei garu mewn gwirionedd, nid y gŵr a eisteddai wrth ei hymyl.

Caeodd ei llygaid yn dynnach eto a cheisio aros ar lan y môr am eiliad arall, ond teimlodd ei hun yn cael ei thynnu yn ôl i'r presennol. Agorodd ei llygaid a llyncodd anadl hir yn llawn hiraeth a galar. Galar am ei thad a hiraeth ar ôl y berthynas a fu rhyngddi hi a chariad mawr ei bywyd. Perthynas a fu farw'r diwrnod y gadawodd o i ymuno â'r Met yn Llundain.

Torrodd ei chalon ar ôl iddo ymadael am Lundain. Yna, dros amser, dysgodd fyw hebddo a maes o law bodlonodd ar briodas ddigariad efo John Riley, dyn oedd yn y lle iawn ar yr adeg iawn a dyna i gyd. Yna daeth Nansi. Hon oedd ei hangor; hon oedd yn rhoi rheswm iddi dros fyw.

Cipiodd Meg olwg arall i gyfeiriad D.I. John. Y tro hwn parlyswyd hi gan i lygaid y ddau gyfarfod. Llamodd ei stumog gydag ergyd yr atgof a ruthrodd yn ôl iddi'r eiliad honno. Llenwodd ei llygaid wrth iddi gofio diniweidrwydd y cariad amrwd a phrydferth.

Syllodd D.I. John yntau'n ôl arni hi. Gwenodd. Gwên yn llawn euogrwydd ac eto'n llawn cariad. Oedd o'n difaru? Oedd, byddai'n cael pyliau o edifeirwch. Crwydrodd ei feddwl yn ôl at ei benderfyniad i roi swydd uwchlaw cariad.

Ers iddo ddychwelyd i Ynys Môn roedd o wedi gweld Meg unwaith neu ddwy, dim ond wrth basio. Roedd yna lonyddwch yn ei llygaid fel petai ei channwyll wedi diffodd. Fel petai'r hen Meg wedi mynd rhywsut a'r cyfan roedd modd i'r ddau ei ddweud oedd 'helô' parchus.

Erbyn i Meg sylwi fod ei gŵr newydd ei gweld yn syllu'n hiraethus i gyfeiriad D.I. John roedd hi'n rhy hwyr. Suddodd ei chalon wrth ddychmygu'r ffrae fyddai'n aros amdani adref ar ôl yr angladd.

Daeth llais galarus y gweinidog i wahodd pawb i godi a chanu.

Aeth Harri i'w fedd heb wybod fod ei fwriad i adael popeth i'w wyres fach Nansi yn gorwedd yn belen fach ddi-nod yng ngwaelod bin sbwriel T. Lloyd Jones & Co.

Pennod 12

Swyddfa'r Heddlu, Caergybi

Eisteddai D.I. John yn darllen papur newydd a'i gefn at Sarjant Jones. Ar ôl cael galwad ffôn brys edrychodd y diwti sarjant i'w gyfeiriad. Doedd o erioed wedi tynnu 'mlaen efo D.I. John – byth ers iddo ymuno â Heddlu Sir Fôn ar ôl gadael y Met.

Enw Adolf Hitler oedd y pennawd ar y papur yn nwylo D.I. John. Yn yr Almaen, roedd brid newydd o Almaenwyr yn codi, yn eu crysau brown, siorts duon, sanau pen-glin llwyd a rhwymyn braich swastica i goroni'r cyfan. Gweision Hitler – y dyn fyddai, maes o law, yn eu llusgo allan o'r gwter a llenwi'r wlad â balchder newydd.

Ar wahân i Sarjant Jones, D.I. John oedd yr unig heddwas arall yn swyddfa Caergybi'r bore hwnnw. Edrychai'n flinedig; doedd o byth ar ei orau ar ôl meddwad a *lock in* yn y dafarn leol y noson gynt.

'Missing persons,' gwaeddodd y sarjant.

'Be?' holodd D.I. John yn ddi-hid, heb godi ei ben o'r papur.

'Yr alwad ffôn yna – *missing persons*! Dach chi'n fy nghlywed i? Meg Riley o Aberffraw. Dynes yn ei phedwardegau. Ei gŵr, John, oedd ar y ffôn.'

Cododd D.I. John ei ben ar ôl clywed enw Meg. Plygodd y papur. Cododd i ystwytho'i ffrâm ddwy lathen ac ysgwyd ei hun yn effro. Roedd gweddillion cwrw'r noson gynt yn dal i nofio yn ei ben fel niwl. Aeth drwy ddrysau'r swyddfa a mynd yn syth at y car. Galwodd y sarjant ar ei ôl,

'Cofiwch fod angen ysgrifennu *report...*'

Ond chlywodd D.I. John ddim gair gan ei fod wedi gadael cyn y bregeth.

*   *   *

Parciodd ar y buarth o flaen fferm y Rileys. Roedd John Riley yn fridiwr ceffylau rasio ac i ddathlu'r ffaith honno, safai dau ben ceffyl mewn efydd y naill ochr i'r pyrth o flaen y tŷ. Gwyddai pawb yn lleol am John Riley; helynt ei yfed a'i dempar ddrwg. Bu'r heddlu yno droeon dros y blynyddoedd.

Llenwai ei ffrâm enfawr ddrws y tŷ. Edrychai'r mynydd o ddyn â'i farf afreolus ddu yn flinedig a phefriai ei lygaid yn ei ben fel marblis. Llygaid dyn meddw y galwai D.I. John y rhain.

'Hen bryd. Pam dach chi ddim allan yn chwilio amdani?' meddai Riley yn floesg.

'Mae gen i gwpwl o gwestiynau.' Gwthiodd D.I. John ei ffordd i mewn i'r tŷ.

O flaen y tân eisteddai Nansi Riley a synhwyrodd D.I. John densiwn rhwng y ferch a'i thad yn syth. A hithau'n ddeuddeg oed, roedd hi wedi etifeddu tlysni ei mam; y gwallt tonnog melyn a'r llygaid glas. Hi oedd unig blentyn John a Meg Riley. Cododd Nansi, sychu ei dagrau a chynnig paned i D.I. John. Gwrthododd yntau'n serchus.

'Pryd oedd y tro diwethaf i chi weld eich gwraig, Mr Riley?' holodd D.I. John.

'Bore ddoe. Dwi wedi dweud bob dim wrth y polîs yn barod ar y ffôn,' atebodd.

'Beth oedd hi'n wisgo?'

'Wn i ddim. Dwi ddim yn sylwi ar bethau felly,' atebodd yn ddiamynedd.

'Nansi, dach chi'n cofio?' holodd D.I. John.

'Coban nos wen,' dywedodd Nansi'n swta sych.

'Beth oedd cyflwr ei meddwl hi? Oedd hi'n hapus? Trist?'

'Rwbath yn y canol,' atebodd John Riley yn ddi-hid.

Gafaelodd Nansi mewn pocer a phwnio'r tân fel petai mewn protest. Aeth cawod o wreichion i fyny'r simne. Roedd ffraeo rhwng ei rhieni yn digwydd bob nos ond clywsai'r ffrae fwyaf erioed toc cyn diflaniad ei mam.

Cododd Nansi a ffrwydrodd y geiriau cyhuddgar ohoni.

'Mi oedd Mam yn drist iawn achos bod Dad yn mynnu gwerthu ffarm arall Taid – a doedd hi ddim isio seinio.'

Ar hynny, aeth Nansi allan a rhoi clep galed i'r drws ar ei ffordd. Syllodd ei thad yn ffiaidd ar ei hôl cyn poeri ei eiriau at D.I. John,

'Cerwch allan i chwilio amdani. Dach chi'n gwastraffu amser yn fama!'

✳   ✳   ✳

Ar ôl dychwelyd i'r swyddfa, hysbyswyd D.I. John fod rhywun wedi darganfod corff yn Eglwys y Santes Fair, Aberffraw. Cythrodd yn ôl i'r car a sathru ar y sbardun. Suddodd ei galon fel pelen blwm a gweddïodd nad corff Meg fyddai yno.

Dyddiai'r eglwys fach unig yn ôl i'r bymthegfed ganrif ac o'i blaen, wrth i D.I. John nesáu, safai heddwas ifanc yn rhynnu gan gamu o droed i droed a chwythu i'w ddyrnau yn erbyn yr oerfel.

'Bore da, Syr. 'Dan ni wedi tynnu'r corff i lawr,' dywedodd y cwnstabl gyda chryndod oer yn ei lais.

'Blydi hel. Pam ddiawl? Faint o weithiau sydd raid i mi ddweud wrthat ti am beidio cyffwrdd nes i mi weld y lleoliad?'

'Prif Gwnstabl Grace na'th ddweud, Syr,' protestiodd y dyn ifanc.

'Beth mae Grace yn da yma?' holodd D.I. John yn syn. Doedd y Prif Gwnstabl byth yn ateb galwadau brys.

'Dewch i mewn, D.I. John,' daeth llais mawr y Prif Gwnstabl Grace o'r tu mewn. Safai ei bennaeth pen moel yn dal ac awdurdodol uwchben y corff.

'*Suicide.* Trist iawn,' dywedodd Grace, ei anadl yn troi'n gymylau gwyn yn yr oerfel.

Rhewodd D.I. John pan welodd y corff. Roedd y Prif Gwnstabl yn siarad fel pwll y môr ond chlywodd D.I. John yr un gair. Syllai'n gegrwth ar gorff Meg. Rhythodd mewn anghrediniaeth ar ei chorff llonydd. Roedd o wedi caru'r ferch yma, ac yn ei enaid gwyddai ei fod yn dal i'w charu hefyd.

Cydiodd yr euogrwydd ynddo fel crafanc. Ia, ei fai o oedd hyn. Rhoddodd ei yrfa ei hun gyntaf a'i gadael hi. Beth ddaeth drosto? Doedd yr un ddynes wedi dod yn agos at ei garu gymaint â hi.

Taflodd ddwrn nerthol i ganol y wal o blaster gwyn nes rhwygo croen ei figyrnau a gyrru cwmwl o lwch i'r awyr. Gwyddai na ddylai gosbi ei hun am hyn ond er gwaethaf ei resymu, doedd dim dianc rhag y ffaith oer bod Meg wedi ei chaethiwo mewn priodas ddigariad â mochyn o ddyn o'i herwydd o.

'D.I. John. Pwyllwch,' cyfarthodd y Prif Gwnstabl.

Edrychodd D.I. John ar wyneb ei bennaeth ond y cyfan a welai oedd wyneb John Riley. Gwyddai fod y Prif Gwnstabl a John Riley yn ffrindiau agos. Aelodau blaengar o'r Seiri

Rhyddion; ym mhocedi ei gilydd. Gwyddai pawb amdanynt. Y Prif Gwnstabl Grace oedd y Worshipful Master a John Riley oedd Prif Warden y *lodge* yn Llangefni.

Y cyfan a welai'r Prif Gwnstabl Grace ar y llaw arall oedd diawl anufudd. Roedd D.I. John yn boen yn ei ystlys na fyddai fyth yn canu o'r un llyfr emynau. Serch hynny, ef oedd ei heddwas mwyaf llwyddiannus, o ran yr ystadegau o leiaf. Cwestiwn parhaus ar feddwl Grace oedd sut ddiawl y llwyddai'r maferic yma i ddal cymaint o ddynion drwg. Tybiai mai'r ateb syml oedd oherwydd bod D.I. John yn un ohonynt! Dyn drwg ymysg dynion drwg – felly tebyg at ei debyg!

'*Suicide* – druan ohoni,' dywedodd Grace yr eildro.

Er gwaethaf pendantrwydd barn ei bennaeth roedd D.I. John am geisio dod i'w gasgliadau ei hun. Ceisiodd ymwroli. Cymerodd anadl ddofn cyn mynd i astudio'r trawst trwchus uwch eu pennau lle hongiai gweddillion y rhaff i lawr. O dan y trawst roedd cadair bren.

'Dwi'n nabod teulu'r ddynes yma,' dywedodd Grace gan ysgwyd ei ben.

'Mi fydd ei gŵr hi'n *devastated*,' ychwanegodd.

'Tybed. O ddifri? Dach chi'n meddwl fod gan John Riley galon o gwbl?'

Ar wahân i guro'i wraig, y pethau eraill ar y rhestr o'i weithredoedd oedd ymladd gyda chymdogion, ymosod ar gwsmeriaid a bygwth cerddwyr diniwed gyda gwn *twelve-bore*. Serch hynny, drwy ryw wyrth, llwyddodd John Riley i osgoi cyfiawnder. Yn ôl rhai, ei ffrindiau yn y Seiri Rhyddion oedd ei achubiaeth – dynion fel y Prif Gwnstabl Grace oedd yn ei warchod rhag mynd o flaen ei well. Ymysg ei gyd-Seiri eraill yn y *lodge* roedd byddin fach brysur o ddynion proffesiynol: cyfreithwyr, ustusiaid heddwch, un barnwr uchel ei barch, crwner a phatholegydd mwyaf blaenllaw'r ardal.

'Wrth gwrs, bydd John Riley yn *heartbroken*,' mynnodd Grace.

Cododd D.I. John ei ysgwyddau'n ddi-hid. Hyd yn oed petai hynny'n wir doedd Riley ddim yn haeddu cydymdeimlad. Aeth y Prif Gwnstabl ati i ddisgrifio munudau olaf Meg Riley yn yr eglwys.

'Ar ôl dioddef o iselder daeth Meg Riley yma neithiwr efo rhaff.'

Cerddodd Grace o ddrws yr eglwys a chamu ar y gadair o dan y trawst.

'Mi glymodd hi'r rhaff i'r trawst ac yna rhoi'r rhaff am ei gwddf. Wedyn... Mae hi'n neidio.'

Neidiodd Grace o'r gadair i'r llawr ac yna edrych am ymateb gan D.I. John. Roedd gan D.I. John fwy o ddiddordeb yn y rhaff oedd am ei gwddf nag oedd ganddo yn syniadau hanner pan ei bennaeth.

'*Hangman's knot* perffaith – dwi ddim yn credu byddai Meg yn gwybod sut i glymu'r fath gwlwm.'

'Roedd hi'n byw ar fferm, D.I. John – wrth gwrs ei bod hi'n gwybod sut mae gwneud cwlwm mewn rhaff,' dywedodd Grace yn swta.

Penliniodd D.I. John wrth y corff. Roedd ei gwddf yn edrych yn denau a bregus fel porslen a'r croen wedi dechrau cleisio o dan y rhaff. Sylwodd ar sawl clais llawer tywyllach ar ei chroen gwelw.

'Mae'r cleisiau yma'n debyg i olion bysedd. Arwydd ei bod hi wedi cael ei thagu cyn cael ei chrogi!' dywedodd ar ôl codi o'i gwrcwd.

Chwarddodd Grace yn sych heb ddangos rhithyn o hiwmor.

'Nonsens, D.I. John. Pwy dach chi'n feddwl ydach chi – Sherlock blydi Holmes?'

Ar ôl i'w bennaeth adael gwawriodd arno fod y patholegydd,

Dr Gabbott, hefyd yn aelod o'r *lodge* lleol, felly roedd cadwyn y twyll yn gyflawn. Anadlodd D.I. John yn drwm, ei anadl yn troi'n gymylau o rwystredigaeth yn yr awyr oer.

Oherwydd y cylch o Seiri Rhyddion crwca nid dedfryd o *death by asphyxia due to manual strangulation* fyddai hi, ond dedfryd gyfleus o *death by misadventure*.

Pennod 13

Ionawr 1940

Deffrodd Kate Jones i oerni a thawelwch ei chartref gwag. Doedd fawr o awydd codi arni heddiw. Roedd i Kate harddwch naturiol er nad oedd hi wedi cyboli edrych yn y drych yn iawn na rhoi colur ers tro. Er bod amser wedi chwistrellu ychydig o wyn i'w gwallt, edrychai'n llawer iau na'i thrigain oed.

Ddoe, claddwyd ei gŵr, Morgan, neu Dr Morgan Jones, Professor of English a rhoi ei deitl llawn iddo. Syrthiodd Morgan yn farw o flaen dosbarth o fyfyrwyr yng Ngholeg Prifysgol Bangor. Yn ôl y meddyg, cafodd drawiad enfawr ar y galon. Credai Kate mai oes o ysmygu oedd wedi ei ladd mewn gwirionedd.

Fe'i lloriwyd yn llwyr gan farwolaeth Morgan; prin y gallai feddwl am godi i wynebu'r diwrnod. Roedd y brofedigaeth wedi ei gadael mor llipa â chlwtyn llawr. Doedd dim awydd arni i wneud dim, dim ond gorwedd yn y gwely yn teimlo'n wag, fel petai rhywun wedi rhwygo darn o'i henaid allan o'i chorff. Gwyddai fod cant a mil o bethau ganddi i'w gwneud o gwmpas y tŷ ond allai hi ddim gadael y gwely.

Daeth haid o alarwyr drwy'r stormydd geirwon i'w gladdu,

pob un ohonynt yn cynrychioli rhyw gyfnod o'i fywyd – yno am awr neu ddwy i ddweud eu ffarwél olaf cyn ymadael.

Sgyrsiau bywiog a ffraeth y ffrindiau gydol oes oedd i'w clywed yn y parlwr bach a murmur sgyrsiau sych yr hen deulu oedd yn y parlwr mawr. Te i'r bobol barchus a photel o frandi da i'r hen ffrindiau – hoff ddiod Morgan. Gadawon nhw i gyd, ar ôl claddu'r bara brith, yfed y te a gwagio'r botel frandi, bron cyn gyflymed ag y daethant.

Prin y bu amser i Kate alaru amdano, rhwng yr ymwelwyr, y cardiau di-ri, yr ymgymerwr a'r holl drefniadau. Ar ôl ffarwelio â'r olaf o'r galarwyr llusgodd ei chorff blinedig i'w gwely lle y cysgodd yn ddi-dor tan y bore.

Sŵn trydar yr adar mân yn y llwyni a'i hudodd hi i godi o'r gwely yn y diwedd. Agorodd lenni ei hystafell wely a gweld yr haul yn ymwthio drwy'r cymylau. Hen bryd, meddyliodd, ar ôl yr holl dywydd drwg.

Aeth yn droednoeth i'r gegin. Roedd y llawr teils yn oer ond doedd hi'n malio dim. Berwodd y tegell ac yn reddfol aillwysodd ddwy baned yn lle un. Damia! Roedd hi wedi anghofio popeth a gwneud te i Morgan eto! Aeth ias o ddychryn drwyddi wrth sylweddoli ei bod hi ar ei phen ei hun yn y byd. Teimlodd don o alar yn dod drosti. Cydiodd ym mwrdd y gegin er mwyn sadio ei hun rhag llewyg y bendro.

Ymhen ychydig daeth Kate ati ei hun a chymryd llymaid o de. Roedd rhaid bod yn gryf er mwyn wynebu pyliau o alar fel hyn. Roedd y meddyg wedi cynnig tabledi at iselder iddi ond gwrthododd Kate. Gobeithiai y deuai'r nerth iddi heb gymryd cyffuriau.

Clywodd gnoc ar y drws. Doedd hi ddim yn disgwyl gweld wyneb gwenog merch ifanc. Edrychai wyneb y ferch yn gyfarwydd er na allai Kate roi enw iddi.

'Helô Mrs Jones.'

'Bore da. Dwi'n nabod y wyneb ond dwi ddim yn siŵr o'ch enw,' dywedodd Kate gyda thinc o ymddiheuriad yn ei llais.

'Nansi Riley,' dywedodd y ferch.

Llifodd yr atgof yn ôl iddi. Hon oedd merch Meg Riley, y wraig leol gymerodd ei bywyd ei hun mor drist ychydig flynyddoedd ynghynt. Roedd y ferch fach wedi tyfu'n ddynes ifanc hardd. Roedd Kate heb ei gweld yn y capel ers marwolaeth ei mam. Edrychodd dros ysgwydd Nansi a gweld wyneb llwm ei thad, John Riley, oedd yn smocio yn ei gar gyferbyn.

'Helô cariad, sut fedra i eich helpu chi?' holodd Kate yn dyner.

'Dwi'n chwilio am waith. Ydach chi angen rhywun i lanhau?'

Yn reddfol, *na* fyddai ateb Kate i bopeth newydd. Cymerai ei hamser wrth gnoi cil dros bob penderfyniad. Ond heddiw, teimlai'n wahanol, fel petai rhyw ffawd yn ei harwain i fentro.

'Hoffech chi ddod i mewn i drafod?'

Pennod 14

Tŷ'r Cyffredin

Ar gychwyn y drafodaeth fywiog am brinder heddweision yn y wlad, cododd yr Ysgrifennydd Cartref i siarad. Roedd nifer sylweddol o aelodau'r heddlu wedi ymuno â'r fyddin, ac er mwyn datrys y prinder, un awgrym posib oedd i'r heddlu gyflogi merched.

'I believe that police duty is a man's job. However, I do agree that such work as driving cars, typewriting and attending the telephone can be done by carefully selected women.'

Gyrrodd hyn sŵn bodlon, gwrywaidd drwy'r tŷ ond saethodd un o'r ychydig aelodau benywaidd ar ei thraed fel bollt.

Roedd Megan Lloyd George wedi gwylltio'n gacwn. Yn ddeugain oed ac yn aelod profiadol erbyn hyn, doedd hi ddim yn un i ddal yn ôl.

'Megan Lloyd George!' cyhoeddodd y Llefarydd Edward FitzRoy er nad oedd angen cyflwyniad arni. Roedd Megan ar ei thraed ac wedi dechrau siarad yn barod.

'I do not appreciate the right honourable member's view that policing is a man's job. If that is the case then why am I here in this house? Being a Member of Parliament is both a man's and a woman's job. So why is policing not the same? Would the right honourable gentleman care to explain to the house how I can carry out the duties of government but cannot carry out the duties of a policeman?'

Cododd yr Ysgrifennydd Cartref gyda gwên nawddoglyd ar ei wyneb. 'With respect, I was saying that there *is* a place for women in the police force but they do not possess the physical power required to arrest an individual for example.'

Ar ôl i'r corws o *hear hear* dawelu, siaradodd Megan eto.

'Then the right honourable gentleman should meet some of the women who work on the farms in my constituency. I suggest that he changes his chauvinistic tune on this subject. Women are a significant force which my right honourable friend would be wise not to underestimate.'

Pennod 15

Mawrth 1940

Safodd Nansi ar y landin a sythu ei chefn. Roedd hi angen hoe fach ar ôl gorffen rhoi sglein i goed mahogani'r grisiau. Doedd fawr o olygfa drwy'r ffenest heddiw, dim ond llwydni oer yr awyr uwchben y traeth unig.

Yn ôl ei harfer roedd Kate wedi mynd i Langefni am y dydd a gadael Nansi i lanhau. Deuai Kate yn ôl mewn pryd i'w thalu a dyna'r drefn ers sawl wythnos bellach. Ambell dro, gorffennai Nansi'r gwaith glanhau yn gynnar. Pe digwyddai hynny, manteisiai ar y cyfle i hamddena o gwmpas y tŷ cyn i Kate ddychwelyd.

Er bod yr ystafelloedd wedi eu dodrefnu'n draddodiadol gyda chelfi mawr tywyll, roedd yno ambell drysor diddorol hefyd. Canolbwynt y parlwr oedd y *wireless*, peiriant mawr pren mewn arddull *art deco*. Canolbwynt y parlwr bach ar y llaw arall oedd y gramoffon gyda chorn mawr aur trawiadol a chasgliad o recordiau lliwgar.

Ysai Nansi i droi'r handlen a chwarae'r recordiau.

Pam lai, meddyliodd, cyhyd â'i bod hi'n ofalus. Fyddai Kate byth yn gwybod.

Tynnodd sawl record o'r silff er mwyn dewis un i'w

chwarae. Yn eu mysg roedd Vera Lyn a George Formby ond record gan Glenn Miller aeth â hi. Cyn iddi droi'r handlen mi galliodd. Na, doedd wiw iddi, rhag ofn iddi dorri'r gramoffon neu grafu'r record. Roedd hi'n well peidio.

Yn ei chartref ei hun doedd dim byd fel hyn. Ers colli ei mam roedd y tŷ wedi ei droi'n allor i lwyddiannau ei thad yn y sioeau amaethyddol. Roedd cwpanau arian, tarianau pren a rosetiau amryliw dros bob man. Bob tro y deuai rhywbeth i'w hatgoffa o'i mam gwthiai Nansi'r atgof i ffwrdd cyn i'r galar afael. Edrychodd drwy'r ffenest. Roedd y stryd yn wag a dim sôn am Kate na bws Llangefni.

Aeth i fyny'r grisiau ac i ystafell wely Kate lle'r oedd yr olygfa orau o'r môr. Drwy'r ffenest gwelodd gerbyd ei thad yn nesáu. Parciodd yn flêr gyferbyn. Gwyddai Nansi fod y parcio di-drefn o ganlyniad i yfed ganol prynhawn ei thad.

Tad hunanol oedd John Riley; roedd yn gas ganddi'r ffordd roedd o wedi rheoli ei bywyd o'r cychwyn. Yn fuan ar ôl marwolaeth ei mam gwerthodd un o ffermydd y teulu. Dylai'r arian newydd fod wedi bod yn gyfle i newid byd – fforddio'r hyn a fu allan o'u cyrraedd, fel dillad newydd. Ni allai Nansi gofio pryd y cafodd ddilledyn newydd; ail-law oedd popeth wastad.

Cofiodd yr addewidion.

'Un diwrnod mi awn am wyliau i lan y môr...' dywedodd ei thad, ond doedd dim golwg fod y diwrnod hwnnw am wawrio. Lluchiodd ei thad yr arian o gwmpas fel conffeti ac yn fuan roeddent yn dlawd fel llygod eglwys eto. Ar adegau, dim ond cyflog glanhau Nansi oedd ganddynt i'w cynnal.

Camodd o'r ffenest a mynd i sefyll ar y landin. O'r pum ystafell dim ond pedair fyddai Nansi'n eu glanhau. Ar ei hymweliad cyntaf â'r tŷ, cofiodd sut y dywedodd Kate wrthi am beidio byth â mynd yn agos at y pumed drws. Roedd y pumed drws ar glo am byth, dywedodd Kate yn gadarn.

Taniodd hyn chwilfrydedd Nansi i ddychmygu pa gyfrinachau a guddiai Kate tu ôl i'r pumed drws. Drws fel pob un arall oedd y pumed drws heblaw am y lliw. Gwyn oedd gweddill y drysau ond du fel parddu oedd hwn. Trodd y ddolen a chanfod bod y drws ar glo yn ôl y disgwyl. Cerddodd o gwmpas y landin ond doedd dim sôn am oriad.

Aeth i ystafell wely Kate a chwilio. Agorodd y cypyrddau a mynd drwy bocedi'r cotiau. Agorodd y droriau ac edrych ymysg ei dillad. Er bod ganddi gywilydd mynd drwy bethau mor bersonol roedd y chwilfrydedd ynddi'n llosgi'n obsesiynol. Dim sôn.

Yna sylwodd ar jwg lliwgar ar y silff ben tân. Bingo! Yn y jwg roedd goriad mawr trwm.

Trodd y goriad yn y clo a llithrodd y drws ar agor â gwich.

Pennod 16

Pwysodd D.I. John ar wal ei gartref ym mhentref Rhosneigr a chael smôc wrth wylio'r newydd-ddyfodiaid wrth eu gwaith. Roedd ganddo'r cur pen mwyaf uffernol o ganlyniad i'r yfed y noson gynt.

Chwythodd ei fwg du yn uchel wrth wylio milwyr yr Irish Inniskellen Fusiliers yn codi pabell fawr wrth y cloc yng nghanol y pentref. Cantîn oedd hwn i fwydo'r haid o filwyr oedd wedi dod yno i chwalu llonyddwch un o bentrefi harddaf arfordir Ynys Môn. Fu dim rhaid i D.I. John boeni am ymladd. Roedd yn un o'r rhai lwcus hynny oedd yn rhy ifanc i'r Rhyfel Mawr ac yn rhy hen i'r rhyfel oedd newydd gychwyn.

Daeth Wil y postfeistr i sefyllian nesaf ato, dyn byr a gerddai yn falch fel ceiliog o gwmpas y pentref.

'Hogia caled ydy'r rhain,' dywedodd Wil yn awdurdodol.

'Tybed?' dywedodd D.I. John yn swta sych. Fel un o stoc Galway ei hun, ar ochr ei dad, doedd D.I. John ddim yn hoff o Wyddelod Protestannaidd Gogledd Iwerddon.

Syllodd Wil yn flin arno.

'Ia! Hogia caled iawn! Maen nhw'n martsio o gwmpas y pentra am hanner awr wedi chwech bob bora,' dywedodd Wil yn gadarn.

'Blydi hel, Wil. Tydi codi'n gynnar ddim yn eich gwneud chi'n ddyn caled.'

Ar y gair, herciodd arweinydd y platŵn i'r golwg, dyn yn ci bedwardegau o'r enw Rupert Whitfield, neu Captain Whitfield i'w ddynion. Cuddiai ei lifrai anafiadau ciaidd a chreithiau shrapnel y ffosydd. Oherwydd ei gyflwr, hyfforddwr ydoedd bellach. Roedd D.I. John wedi sylwi arno'n cerdded o gwmpas y pentref. Byddai wastad ar ei ben ei hun bach ac eto siaradai'n uchel fel petai ganddo gwmni.

'Na! Dwi'n dweud wrthych chi, D.I. John! Maen nhw'n galed fel haearn Sbaen.'

Pwyntiodd Wil i lawr y lôn i gyfeiriad y môr.

'Maen nhw'n neidio mewn i'r môr rhynllyd yna dros eu pennau a hynny mewn *full kit* efo *fixed bayonets*.'

'Dwi ddim yn meddwl fod Erwin Rommel a'i Panzer Divisions sgubodd drwy Ffrainc yn colli cwsg dros rhain.'

Doedd Wil Pritchard ddim yn gwerthfawrogi hiwmor negyddol yr heddwas.

'Dwi a fy ngwraig wedi cael gwahoddiad i weld ffilm heno yn RAF Valley. Mae ganddyn nhw sinema yn y camp! Dach chi ddim wedi cael gwahoddiad, dwi'n cymryd, D.I. John?'

Gwenodd Wil Pritchard fel petai o wedi ennill y ddadl. Closiodd D.I. John ato a sibrwd yn ei glust,

'Ar ôl eich gwraig chi maen nhw go iawn – hen foch budron ydyn nhw. Mi fyddan nhw'n deifio i lawr ar eich gwraig chi fel bomars yr RAF. Mae'r Brylcreem Boys fel teirw o gwmpas merched.'

Pennod 17

Y peth cyntaf i daro Nansi wrth wthio'r drws ar agor oedd arogl hen faco oedd yn ddigon cryf i droi ei stumog. Wrth gamu i mewn i'r ystafell cododd cwmwl o lwch a ddawnsiai o'i hamgylch yn y golau gwan. Ymwthiai haul y prynhawn drwy'r llenni trwchus ac fel y cyfarwyddai ei llygaid, sylwodd ei bod hi wedi ei hamgylchynu ar bob ochr gan lyfrau.

Roedd yr oglau stêl a'r haen o lwch yn awgrymu nad oedd neb wedi bod yno ers tro. Rhoddodd olau'r ystafell ymlaen, ac wrth wneud hynny gwelodd mai canolbwynt yr ystafell oedd desg enfawr ac arni deipiadur a phentyrrau o bapurau blêr. Roedd wyneb y bwrdd yn frith o losgiadau sigaréts a'r blwch llwch yn orlawn o fonion sigaréts. Dim rhyfedd fod y lle'n drewi a bod Kate wedi cefnu arno. Ystafell dywyll, ogof o le yn llawn atgofion.

Ar un wal roedd llu o ffotograffau mewn fframiau aur. Closiodd atynt a rhyfeddu gweld yr holl fyfyrwyr coleg mewn clogau a chapiau yn derbyn gwobrau a thystysgrifau o bob math.

Aeth i bori drwy'r silffoedd llyfrau. Ymysg y llyfrau llwm academaidd roedd ambell lyfr lliwgar. Yn eu plith roedd *The Hobbit* gan J. R. R. Tolkien, *Cold Comfort Farm* gan Stella

Gibbons, a *Tender is the Night* a *The Great Gatsby* gan Scott Fitzgerald.

Gwawriodd arni nad oedd neb wedi bod yn llyfrgell yr Athro Morgan Jones ers ei farwolaeth. Eisteddodd ar gadair drom a dychmygu'r proff yn eistedd yno. Tybed oedd o'n teipio gydag un llygad wedi'i chau yn erbyn y golofn hir o fwg a godai o'i sigarét?

O'i blaen, ar y ddesg, gwelodd lythyr ffurfiol yr olwg gydag arfbais Prifysgol Cymru a 'Department of English, University College, Bangor' arno. Cipiodd Nansi olwg sydyn dros ei hysgwydd rhag ofn bod Kate yn ôl ond roedd y tŷ yn dawel fel y bedd. Dechreuodd ddarllen.

Dear Mr Thomas,

Thank you for your interest in studying English at the University College of Bangor and for your letter enquiring about scholarships.

The Department offers the John Lloyd Scholarship to the value of twenty guineas per annum. If you wish to sit the scholarship exam you will need to attend the Prichard-Jones Hall on the fifth of June at 10 a.m. It is a two hour exam and is open to any individual living in the shires of Anglesey or Caernarfon.

The exam will include one question and you will be asked to answer with close reference to two novels of your choice.

An excellent introduction is the key to a good essay and if you make assertions, remember to illustrate your points with evidence from the books you have selected.

The skill of producing good examination answers is to know what to leave out as well as what to put in.

By way of an example, the requirement in last year's exam was to discuss the treatment of family or childhood with reference to two novels of your choice.

I hope this information is useful to you.
Yours sincerely,
Professor Morgan Jones

Clywodd ddrws y tŷ yn agor a chau ac yna llais Kate yn galw. Mewn fflach plygodd Nansi'r llythyr a'i roi yn ei phoced. Clodd y drws, a rhoi'r goriad yn ôl yn ddiogel yn ei guddfan.

Pennod 18

Yng nghanol y nos daeth cnoc ar ddrws D.I. John.

Cnoc arall, ychydig yn galetach y tro hwn.

Dim ateb.

Trodd y gnoc yn guro caled, penderfynol.

Y tro hwn, deffrodd D.I. John o'i drwmgwsg. Cododd ei gorff fel hollt. Yn nhywyllwch oer ei ystafell wely, craffodd ar y cloc. Tri'r bore. Damia! Pwy allai fod yno a hithau'n ganol nos?

Aeth ei law yn reddfol am y cordyn uwchben y gwely a'i dynnu. Culhaodd ei lygaid yn erbyn y golau. Clywodd lais benywaidd yn sisial tuag ato drwy'r distawrwydd.

'John. Agora'r drws.'

Adnabu D.I. John lais barmed y dafarn leol yn syth. Bu'r ddau'n caru'n achlysurol er na fuont erioed mewn perthynas go iawn. Dod i chwilio amdano ar ôl shifft yn y dafarn fyddai Sandra fel arfer, nid yn yr oriau mân fel hyn. Taflodd D.I. John ei ddresing gown amdano.

I'r drws ffrynt y deuai Sandra fel rheol ond o gefn y tŷ y deuai'r llais heno.

Agorodd D.I. John y drws ac yno safai Sandra gyda'i thad

wrth ei hochr. Dyma Jo Sylvestri, perchennog y caffi lleol; dyn yn ei chwedegau a golwg hynod betrusgar arno.

'Be sy'n bod ar y drws ffrynt, Sandra?'

Anwybyddodd Sandra ei gwestiwn. Croesodd y ddau'r rhiniog yn dawel fel llygod. Caeodd D.I. John y drws ar eu holau.

'Wn i ddim ydach chi wedi clywed be sy wedi digwydd i fy nhad? Mae o wedi colli'r achos. Maen nhw am ei garcharu,' dywedodd Sandra gan estyn am y darn papur swyddogol o boced ei chôt, a'i ddarllen:

Following Italy's declaration of war against Great Britain on the 10th of June 1940 all resident Italians in Britain must be considered for internment.

Because you are aged between 16 and 70 and have lived in Britain for fewer than 20 years this Tribunal finds that you are classified as an Enemy Alien and you are therefore ordered to be interned. You are entitled to pack one case and must report to Holyhead Police Station within 48 hours of receiving this document.

Edrychodd D.I. John ar wyneb y dyn o'i flaen. Gwenodd yntau arno. Na. Doedd 'na ddim asgwrn creulon yn ei gorff. Roedd Mr Sylvestri'n serchus fel ficer ac yn hynod boblogaidd ymysg trigolion Rhosneigr.

'Geith o aros yn fama?' gofynnodd Sandra. 'Neith neb feddwl am chwilio yn nhŷ plisman.'

'Blydi hel, Sandra!' dywedodd D.I. John.

'Na, dim gobaith,' ychwanegodd, ond synhwyrodd Sandra dinc o gydymdeimlad yn ei lais.

Gwelodd gyfle. Gafaelodd yng nghordyn dresing gown

D.I. John a'i dynnu ati'n chwareus gan sibrwd rhywbeth yn ei glust. Gwyddai Sandra'n union sut i wthio botymau D.I. John.

Ar ôl amlyncu abwyd y pleser roedd Sandra newydd ei addo iddo cliriodd D.I. John ei wddf.

'Reit. Ond dim ond am noson neu ddwy, cofiwch.'

Pennod 19

Swyddfa'r Heddlu, Caergybi

'Eich sylw os gwelwch yn dda,' dywedodd y Prif Gwnstabl Grace ar gychwyn y cyfarfod wythnosol. O'i flaen safai dwsin o heddweision a D.I. John yn eu plith.

Edrychodd Grace ar ei nodiadau cyn cychwyn ei bregeth.

'Reit. Dyma'r prif bethau.'

Rhestrodd Grace faterion plismona'r wythnos. Yn eu plith, ffermwr yn cael ei ddal yn rhoi dŵr ar ben ei laeth a dyn arall yn gwerthu petrol ar y farchnad ddu.

'Gwyliwch am bobol yn cuddio bwyd neu'n prynu a gwerthu *ration books*.' Yn ôl Grace, roedd mân droseddau fel hyn ar gynnydd a gwragedd tŷ gyda'r troseddwyr mwyaf.

Daeth at yr eitem olaf. Cododd bapur newydd a dangos y pennawd, *Anglesey hunt on for enemy alien*.

'Jo Sylvestri. Mae o wedi diflannu fel niwl y bore, a hynny o dan ein trwynau. Embarasing iawn. Beth ydy'r gair ar y stryd, D.I. John?'

'Mi glywais ei fod o wedi croesi i Iwerddon. Felly does dim angen gwastraffu adnoddau nac amser yn chwilio – a pheth arall, dyn bach diniwed ydy Jo, dim Mussolini.'

Nid dyna'r ateb roedd Grace eisiau'i glywed.

'Does dim prawf ei fod o yn Iwerddon, D.I. John. Mae o'n cuddio yn rhywle. Mae'n rhaid bod rhywun yn gwybod rhywbeth. Chwiliwch ymhob twll a chornel!' dywedodd, cyn mynd yn ei flaen,

'Reit. Dyna ni – oes yna unrhyw fusnes arall?'

'Oes, Syr. Un peth bach. Oes 'na unrhyw sail i'r si glywais i'r diwrnod o'r blaen? Ein bod yn mynd i recriwtio merched?' holodd y sarjant.

Edrychodd Grace yn syn gan fod y cynllun i recriwtio merched am y tro cyntaf yn gwbl gyfrinachol.

'Wn i ddim sut dach chi'n gwybod am hyn, Sarjant. Ond gan fod y gath allan o'r cwd, mi fedra i gadarnhau ein bod ni yn y broses o recriwtio merched. Tair ohonynt i fod yn fanwl gywir. Dyna ddiwedd y cyfarfod, diolch i chi i gyd. Ffwrdd â chi i blismona!'

Wrth adael yr ystafell, rhyw wneud sylwadau anaddas a phlentynnaidd am y merched newydd wnâi llawer, a bu'n rhaid i Grace godi ei lais er mwyn eu tawelu.

'Mi fydd gofyn i chi estyn croeso a holpu efo'r *training* hefyd. A D.I. John, mi fydd gofyn i chi gadw eich dwylo i chi'ch hun. 'Dan ni'n gwybod sut un ydach chi o gwmpas merched!'

Gwenodd D.I. John.

'Dwi byth yn cyffwrdd merched, oni bai fod yna wahoddiad ganddynt yn gyntaf, Syr.'

Pennod 20

Rhosneigr

Wrth aros ei thro yn y ciw, sylwodd Kate Jones ar boster Dig for Victory ar wal y swyddfa bost. Roedd posteri propaganda fel y rhain yn ymddangos yn aml yn ddiweddar. O dan y pennawd, roedd dyn hapus a phrysur yr olwg yn ei ddillad gwaith yn smocio pibell ac yn cario fforch ar ei ysgwydd.

Ar ôl i'r postfeistr weld pawb arall, daeth ei thro hithau.

'Sut fedra i'ch helpu chi, Mrs Jones?'

Crwydrodd llygaid Wil dros ei chorff tenau. Edmygai'r ffordd y glynai ei ffrog sidan goch o gwmpas ei chluniau.

Peth anarferol oedd ei gweld hi ar ddydd Llun gan mai ar ddydd Iau yr arferai hi ddod i gasglu ei phensiwn gweddw. Sodrodd Kate y darn papur ar y cownter.

'Dwi am osod hysbyseb yn eich ffenest chi, Mr Pritchard.'

'Ar bob cyfri,' dywedodd gan edrych dros ei sbectol ddarllen. Estynnodd gerdyn post a phensil saer trwchus. Dyma'r drefn ar gyfer pob hysbyseb a osodai yn y ffenest ar ran trigolion Rhosneigr. Darllenodd Wil ysgrifen daclus y weddw a dechreuodd ailysgrifennu'r geiriau ar y cerdyn yn boenus o araf mewn llythrennau mawr plentynnaidd.

'Ystafell i'w gosod?' dywedodd Wil yn uchel.

Trodd ei eiriau bennau'r cwsmeriaid eraill oedd yn y swyddfa bost. Buan y byddai pob math o glecs yn hedfan o gwmpas y pentref, meddyliodd Kate. Oedd y wraig weddw yn chwilio am ddyn a hynny mor fuan ar ôl rhoi corff ei gŵr ym mhridd oer y gaeaf? Neu ai prinder arian oedd i gyfrif am hyn?

Cochodd Kate. Oedd, roedd hi eisiau incwm ychwanegol er mwyn gwneud bywyd ychydig yn haws ac i dalu Nansi. Ond doedd dim angen iddo ddatgan y peth mor gyhoeddus. Damia fo, yr hen ddyn bach busneslyd. Er ei dicter mwstrodd Kate fymryn o wên.

Camgymerodd Wil y wên am anogaeth i barhau i ddarllen yn uchel.

'Golygfa o'r môr?' dywedodd gan edrych arni a'i wyneb ar dro.

Y tro hwn caledodd wyneb Kate fel pocer.

'Yndw, Mr Pritchard! Dwi am gael fy ystafell wely fy hun. Oes gennoch chi broblem efo hynny?'

Tro Wil oedd hi i gochi.

'Dim problem yn y byd,' dywedodd yn dawel ac ufudd.

Heb yn wybod i Kate, roedd yr hysbyseb yma'n glec fawr i Wil ac yn ysgogi cryn siom ynddo. Deuai Wil i gyffiniau ei chartref ar ôl iddi nosi a sefyllian o gwmpas y tŷ yn y gobaith gwan o gael cip arni'n newid yn y ffenest. Oedd, roedd hysbyseb y weddw wedi gyrru hoelen go fawr drwy ffantasi'r postfeistr.

Pennod 21

Ei dal hi wrthi. Datrys y dirgelwch unwaith ac am byth, dyna'r unig beth oedd ar feddwl Kate heddiw. Cerddodd ar hyd glan y môr i ladd amser. Bwriadai ddychwelyd i'w chartref a dal Nansi yn ei chanol hi. Arferai'r ferch ifanc wibio fel gwiwer brysur a glanhau pob twll a chornel. Ond ers wythnosau bellach bu'r lle'n gwaethygu; carpedi llychlyd, saim yn y gegin a llwch ar bob silff.

Roedd hi'n anodd credu sut y gallai merch oedd mor ddiwyd a gweithgar ar y cychwyn droi mor ddiog. A beth oedd wedi ei thynnu rhag y gwaith glanhau? Tybed oedd hi'n defnyddio'r lle fel nyth garu ac yn cario 'mlaen efo un o'r bechgyn lleol? Eto, doedd neb wedi sôn amdani hi'n caru ac mewn pentref bach fel Rhosneigr, tueddai pawb i wybod busnes pawb arall.

Cerddodd Kate ar hyd y traeth am yr eildro, cyn troi am adref. Roedd hi am smalio ei bod hi wedi gadael ei phwrs yn y tŷ, a'i dal hi yng nghanol ei drygioni.

Agorodd y drws cefn a gwrando'n astud. Dim byd. Dim ond sŵn y cloc yn tic tocian yn y tawelwch. Roedd y llestri budron yn dal wrth y sinc a dim sôn am Nansi.

Aeth i'r parlwr mawr ac yna i'r parlwr bach a'u canfod yn wag a'r llenni heb eu tynnu. Roedd bocs o bolish a chadachau wedi eu gadael yn bentwr blêr ar y llawr. Wrth gamu drostynt, clywodd Kate sŵn yn dod o'r llofftydd.

Dringodd y grisiau'n ysgafn-droed a phwrpasol, fel cath yn hela llygoden. Doedd hi ddim yn edrych ymlaen at ddal Nansi'n gwneud pa bynnag ddrygioni roedd hi'n ei wneud. Doedd hyn ddim yn rhoi pleser iddi gan y bu Nansi'n ffrind iddi ers marwolaeth Morgan. Sut y gallai hogan ifanc feddylgar a chall golli ei ffordd fel hyn?

Clywodd lais rhywun yn darllen yn uchel. Clustfeiniodd. Deuai'r llais o'r tu ôl i'r pumed drws ar ben pellaf y landin; y drws a gadwai Kate ar glo. Doedd hi ddim wedi bod yno ers y diwrnod y claddodd ei gŵr bron i flwyddyn yn ôl bellach. Yr ystafell ddirgel hon oedd ei guddfan, ei ddihangfa rhag gweddill y byd. Lle i ddianc a smocio'i hun i farwolaeth yng nghanol ei lyfrau.

Ond beth yn y byd oedd Nansi'n ei wneud yno?

Yn araf, trodd Kate y ddolen ac agor y drws...

Pennod 22

Ychydig yn gynharach y diwrnod hwnnw, ar ôl i Kate adael y tŷ, aeth Nansi'n syth i'r llyfrgell, ei hoff ystafell yn y byd erbyn hyn. Cododd *The Great Gatsby* o'r silff ac eistedd yn y gadair drom. Dim ond ychydig dudalennau oedd ar ôl ganddi cyn ei gorffen. Hon oedd ei hoff nofel hyd yma – dihangfa berffaith i fyd hudolus ac afreolus oedd yn gant a mil o filltiroedd o realiti bywyd tawel Ynys Môn.

Roedd hi wedi mwynhau *Gatsby* mwy na nofel arall Fitzgerald, *Tender is the Night*. Rhedai alcoholiaeth a thrais drwy'r nofel honno yn llawer rhy agos at y ffordd y rhedent drwy fywyd Nansi ei hun.

Ar draws popeth, a hithau wedi ymgolli yn *The Great Gatsby*, clywodd lais y tu ôl iddi. Rhywun yn galw ei henw.

'Nansi?'

Tynhaodd pob cyhyr yn ei chorff ar ôl clywed llais Kate yn torri drwy'r tawelwch. Eto, doedd dim dicter yn ei llais.

'Nansi? Be sy'n digwydd yn fan hyn? 'Nes i ddweud fod yr ystafell yma *out of bounds*, yn do?'

Cochodd Nansi mewn cywilydd ond doedd ganddi ddim geiriau i'w hateb.

Roedd Kate wedi cloi'r drws y diwrnod y bu farw Morgan.

Dyna ei ffordd hi o ddelio â'i cholled – cloi'r drws fel petai hi'n rhoi caead ar y galar a'r holl atgofion.

Dyma hen guddfan ei gŵr lle'r arferai ddod i weithio, lle'r arferai ddod i smocio ac i yfed brandi tan fod ei drwyn yn sgleinio'n goch. Er iddi ofyn iddo geisio torri'n ôl ar ei ysmygu a'i yfed, dyn ystyfnig oedd o, eto roedd hi wedi ei garu. Ond roedd arferion afiach ei gŵr wedi costio'n ddrud iawn iddo ac iddi hithau hefyd. Yn ddiarwybod iddo roedd yr yfed a'r smocio wedi pydru ei berfeddion, ac erbyn i'r meddyg lleol dorri'r newyddion iddo am ei gyflwr bregus roedd hi'n rhy hwyr.

Agorodd Kate y ffenest i adael awyr iach i mewn. Yna aeth at y ddesg a chodi un ael chwilfrydig ar ôl gweld y pentwr o nofelau o flaen Nansi.

'Dach chi'n mynd i roi'r sac i mi?' holodd Nansi, ei llais yn dawel ac yn llawn cryndod.

'Nacdw siŵr. Petaet ti wedi gofyn, mi fasat ti wedi cael benthyg y llyfrau yma '

'Sori. Ro'n i ofn gofyn,' dywedodd Nansi yn ddagreuol.

Gwasgodd Kate ei llaw a mynd i'w phoced i nôl hances.

'Chwytha dy drwyn,' dywedodd yn ddi-lol a thynnu cadair i eistedd wrth ei hochr.

'Pam wyt ti wedi cymryd y fath ddiddordeb yn y llyfrau yma?'

Tynnodd Nansi'r llythyr o'i phoced.

'Achos yr ysgoloriaeth yma,' dywedodd, gan sychu dagrau o ryddhad.

Ar ôl ei ddarllen plygodd Kate y llythyr yn daclus a'i roi yn ôl iddi.

'Wyt ti'n meddwl trio am yr ysgoloriaeth yma felly, Nansi?'

'Ella. Dach chi'n meddwl 'mod i'n bod yn wirion?' atebodd.

Gwyddai Kate o brofiad mai bechgyn oedd wedi ennill yr ysgoloriaethau hyn yn y gorffennol. Bu hi yng Ngholeg

Bangor droeon gyda'i gŵr i weld y bechgyn balch yn cael eu hanrhydeddu. Doedd y syniad o ferch yn ennill ysgoloriaeth ddim wedi croesi ei meddwl tan y funud honno.

'Nacdw, Nansi. Dwi ddim yn meddwl dy fod yn bod yn wirion. Ac os wyt ti isio, mi fedra i dy helpu di.'

*   *   *

Yn y lolfa fawr gosododd Kate sbectol ar ei thrwyn a darllen llythyr Coleg Prifysgol Bangor yn fanylach. Eisteddodd Nansi o'i blaen yn eiddgar.

'Reit, dyma'r geiriau pwysicaf: *The exam will include one question and you will be asked to answer with close reference to two novels of your choice.* Sawl un wyt ti wedi'i darllen, Nansi?'

'Dwi wedi darllen chwech a hanner,' dywedodd Nansi.

Edrychodd Kate o gwmpas yr ystafell fawr lychlyd. Roedd hi'n bechod mewn gwirionedd nad oedd defnydd iddi. Llifai pelydrau'r haul drwy'r ffenestri a dangos pob mymryn o'r llwch yn glir.

'Wrth gwrs dy fod ti! Darllen yn lle glanhau!' dywedodd Kate gan chwerthin yn ysgafn.

'Sori. 'Nes i wirioni ar ôl ffeindio'r llyfrgell.'

'Paid â phoeni, Nansi. Mi 'nes i syrthio mewn cariad efo llyfra pan o'n i dy oedran di. Mi fydd angen i ti ymarfer ysgrifennu atebion hefyd, yn bydd?'

'Bydd, Mrs Jones. Dwi ddim yn siŵr lle i gychwyn efo hynny. Mi dynnodd Dad fi o'r ysgol cyn i mi gael cyfle i ysgrifennu traethodau.'

'Paid â phoeni, mi helpa i di.'

Agorodd Kate gwpwrdd tal yng nghornel yr ystafell ac estyn ffeil gyda'r geiriau 'Scholarship essays' arni. Tyrchodd yn y ffeil nes dod o hyd i'r un gyda'r marc uchaf.

'Dyma draethawd i ti ei astudio. A chofia fod gramadeg da a chywirdeb iaith yn bwysig.'

'O mam bach,' dywedodd Nansi ar ôl gweld llawysgrifen berffaith ar y papur arholiad.

'Paid â phoeni. Dwi yma i dy helpu.'

Pennod 23

Llundain
Medi 1940

'Holyhead train!' gwaeddodd y gard ar dop ei lais.

Ar y platfform fin nos, safai dyn trwchus ei gorff gyda gwallt gwyn at ei goler; gwisgai siwt ffelt ddu o dan ei gôt law a chrafát lliw byrgyndi. Mewn un llaw cariai ffon gerdded grand ac yn y llall daliai gês brown trwm. Edrychai'r dyn, oedd yn ei saithdegau, allan o le yng nghanol trydar yr holl blant mân o'i amgylch. Plant yn ymadael – efaciwîs – eu rhieni yn clwcian uwch eu pennau cyn ffarwelio ar gychwyn eu taith i gefn gwlad. Doedd Dr George Harlech yn malio dim am hyn.

Doedd ganddo ddim amser na chydymdeimlad ar gyfer yr holl grio yn y niwl; y gwahanu oedd mor drist. Doedd ganddo ddim cydymdeimlad achos y rhain oedd y rhieni anghyfrifol. Roedd gweddill plant Llundain wedi hen ymadael am ddiogelwch cefn gwlad. Y rhain oedd rhieni'r unfed awr ar ddeg, y rhieni munud olaf. Ychydig a wyddent mor agos oedd awyrennau'r Almaen at chwydu tân drostynt.

Hon oedd y noson y bu cymaint o bryderu amdani. Uwch eu pennau yn rhywle, hedfanai awyrennau Heinkel, haid ohonynt, yn hwmian yn unsain yn yr wybren.

Roedd y cerbydau dan eu sang a'r gard yn prysuro pawb ymlaen. Dechreuodd gau rhai o'r drysau. Sylweddolodd y dyn gwallt gwyn nad oedd lle i bawb ar y trên. Fel arad trwy bridd gwthiodd drwy'r dorf am y cerbyd agosaf. Torrai trwyddynt fel petai ei angen ef yn llawer mwy na phawb arall.

Yng Ngorllewin Llundain, roedd car y Prif Weinidog yn gyrru'n dawel drwy'r gwyll. Gwnaeth y gyrrwr yn siŵr na fyddai'n gyrru'n rhy gyflym nac yn rhy araf. Cyflymder cymedrol a chyson oedd yn gweddu, rhag tynnu sylw at y cerbyd a gariai'r dyn pwysicaf ym Mhrydain at ei gyfarfod yn y Savoy. Wrth ochr y dyn pwysig, eisteddai ei Ysgrifennydd Preifat, Jock Colville.

Arhosodd y car wrth olau coch ar gyrion Hyde Park. Edrychodd Winston Churchill ar y coed uwchben, gan agor fymryn ar y ffenest er mwyn clywed yr adar bach yn trydar. Gwenodd, ac am ychydig eiliadau beth bynnag, anghofiodd am y rhyfel. Roedd sŵn diniwed yr adar wedi'i swyno ac wedi mynd ag ef yn ôl i'w fagwraeth yng nghefn gwlad Swydd Rydychen. Yno roedd Churchill wedi byw yn ystod ei blentyndod – bywyd heb bryderon yn y byd am ddim, bywyd heb bwysau, heb yr yfed trwm a chyn y smocio sigârs a'r gwleidydda a ddaeth i reoli ei fywyd.

Yn ôl papur y *Times* yn ei law, roedd hi'n addo tywydd braf. Ochneidiodd Churchill yn uchel er iddo gadw ei feddyliau iddo ef ei hun. Roedd tywydd mwyn yn golygu y byddai noswaith glir o'u blaenau. Braf i rai, meddyliodd, ond heb gwmwl yn yr awyr byddai'r amodau yn berffaith ar gyfer hedfan awyren.

Tynnodd ei ddyddiadur o'i boced. Edrychodd ar y dudalen briodol a gweld bod lleuad lawn heno. Ochneidiodd unwaith yn rhagor a phwysodd yn ôl yn ei sedd.

'Whats wrong, Sir?' holodd Jock.

'It's a bomber's moon,' dywedodd Churchill.

Gyda golau'r lleuad i'w harwain, oedd, roedd yr amodau'n

berffaith i hedfan. Heno fyddai'r noson y deuai awyrennau'r Almaen i fomio Llundain am y tro cyntaf – roedd ei reddf filwrol yn awgrymu hynny'n gryf iddo.

Trodd y golau'n wyrdd a symudodd y car ymlaen gan adael trydar adar bach Hyde Park ar ei ôl. Gwyn eu byd, meddyliodd Churchill, dim ond stormydd o wynt a glaw naturiol roedd y rhain yn gallu eu rhagweld, nid y storm o fflamau tân oedd ar ei ffordd.

Drwy ffenest y car gwelodd ddynion yn rhawio pridd y parc gan lenwi'r sachau mawr er mwyn eu gosod o flaen ffenestri'r adeiladau gerllaw. O flaen Buckingham Palace roedd milwyr mewn cotiau cochion llachar wedi'u disodli gan filwyr yn gwisgo lifrai llwm y rhyfel.

Ym mhobman roedd tâp gwyn wedi'i groesi dros ffenestri adeiladau Llundain mewn ymdrech i gadw'r darnau rhag chwalu'n ddigyfeiriad mewn ymosodiad. Oedd, roedd y wlad yn paratoi, a'r gorsafoedd rheilffordd yn fwrlwm o efaciwîs yn dianc am ddiogelwch cefn gwlad. Roedd y sawl yr oedd ganddo gyhyrau a chorff i ymladd bellach yn ymladd, a phawb arall yn paratoi i amddiffyn.

Er gwaethaf hyn i gyd roedd rhywbeth digon cyfarwydd yn y ffordd y daeth yr arweinydd allan o'r car a cherdded i mewn i westy'r Savoy fel pe bai o'n ymweld â chartref hen ffrind. Cerddodd yn bwrpasol a chymryd holl foethusrwydd y gwesty yn ganiataol o gam i gam. Rhwng Westminster a'r West End, y Savoy oedd un o'r gwestai hwylusaf a chrandiaf yn y ddinas. Hwn, gyda'i olygfeydd dros afon Tafwys, oedd gwesty'r *showmen*, y lle i fod a'r lle i gael eich gweld.

Cerddodd Churchill heibio'r American Bar, ac fel yr awgrymai'r enw, lle llachar a swnllyd oedd hwn. Â'i steil *art deco*, ei furiau hufen ac ocr a'i gadeiriau glas ac aur, roedd yn edrych bron mor llachar â'r coctels unigryw yn nwylo'r cwsmeriaid. Ar y waliau roedd lluniau enwogion Hollywood ac yn y gornel chwaraeai cerddor gerddoriaeth *jazz* ar biano *baby grand.*

'Do these people know there's a war on?' gofynnodd Churchill wrth fynd heibio'r olygfa ac anelu am ei hoff ystafell gyfarfod gerllaw.

O'i chymharu ag ystafelloedd eraill y Savoy roedd ystafell Iolanthe yn fach a chlyd, ac iddi baneli derw a thanllwyth o goed yn llosgi'n braf mewn lle tân trawiadol o farmor du. Wrth gerdded i mewn i ystafell Iolanthe câi rhywun y teimlad o suddo i foethusrwydd cyfoethog y carped coch trwchus o dan draed. Yng nghanol yr ystafell roedd bwrdd mahogani ac yn aros yn ufudd am Churchill roedd Herbert Morrison, yr Ysgrifennydd Cartref.

Safodd i gyfarch ei arweinydd. Cyneuodd Churchill ei sigâr ac anfon cwmwl sylweddol i'r awyr cyn siarad.

'You know why I'm here. Do we have all the aliens locked up safely? I don't want a single German, Austrian or Italian loose in this country.'

'Not exactly.'

Gwingodd Morrison wrth ateb. Eglurodd fod naw deg y cant dan glo, ond gwyddai hefyd fod gan Churchill obsesiwn am gorlannu'r cyfan rhag iddynt droi'n ysbiwyr ar ran eu mamwlad.

'Collar the lot of them,' dyna roedd Churchill wedi'i ddweud, ac er gwaethaf eu hymdrechion roedd ambell un wedi llithro drwy'r rhwyd.

'It's the one per cent I'm worried about, Home Secretary. The reason they have evaded capture may be because they are up to no good!' dywedodd Churchill wrth estyn am y botel o siampên Pol Roger, ei hoff ddiod, a llenwi ei wydr.

Cyn i Morrison ateb clywsant sŵn yn y pellter. Roedd Churchill yn hanner ei ddisgwyl. Sŵn fel petai rhywun yn taro'r bwrdd gyda'i ddwrn yn ysgafn ond yn ddigon caled i yrru ton fach drwy'r siampên yn y gwydrau. Clywsant y sŵn eto, yn gryfach y tro hwn.

Canodd seiren yn y pellter. Agorodd drysau'r ystafell a daeth Jock Colville i mewn gyda nifer o staff y gwesty yn ei ddilyn.

'Let's make for the shelters, gentlemen. The Savoy has the safest and nicest shelter in London.'

Yn ôl yn Euston, chwythodd y gard ei chwiban yn uchel. Taniodd y gyrrwr yr injan ar gychwyn y daith i ogledd Cymru. Safai Dr Harlech yn y coridor. Wrth i'r trên hercian allan o'r orsaf a magu cyflymder gwelodd fflachiadau o goch ac oren yn yr awyr uwchben.

Pennod 24

Cnoc ar y drws.

Edrychodd Kate ar y cloc. Deg y nos. Doedd trigolion y pentref ddim yn galw mor hwyr oni bai fod rhywbeth o'i le.

'Mrs Jones?' Llais cyfarwydd Wil, y postfeistr.

'Duw, be ydy'r mater?' holodd Kate dan ei gwynt wrth ddadfolltio'r drws a'i agor ychydig fodfeddi yn unig. Doedd ganddi fawr o awydd croesawu ymwelwyr, yn enwedig yn ddirybudd fel hyn.

Wrth ochr Mr Pritchard safai Dr Harlech. Tynnodd yntau ei het yn barchus i'w chyfarch.

'Ma ganddoch chi denant, Mrs Jones.' Yn ei law daliai Wil Pritchard yr hysbyseb.

'O Lundain mae o'n dod! Mae o angen stafell. Mi neith un o'r ystafelloedd cefn iddo – dwi wedi cael gair.'

Winciodd Wil Pritchard. Roedd popeth yn symud braidd yn rhy gyflym wrth fodd Kate. Un funud roedd hi'n paratoi am y gwely a'r funud nesaf roedd ganddi ddieithryn llwyr o'i blaen yn gofyn am wely.

'Noswaith dda, Mrs Jones. Dr George Harlech, Pathologist... Retired,' dywedodd. Tynnodd ei faneg er mwyn cynnig ei law.

Ar ôl teimlo cyffyrddiad tyner ei law a chlywed ei lais cynnes cofiodd Kate fod ganddi dafod.

'Dewch i mewn, Dr Harlech.' Agorodd y drws iddo a'i gau o flaen Wil Pritchard cyn iddo feddwl am ddod i mewn.

'Ga i gymryd eich côt? Dwi'n ymddiheuro am gyflwr y tŷ,' dywedodd er bod y lle'n daclus.

'Mi ydw innau'n ymddiheuro mewn llwch a lludw am gyrraedd ar y fath awr a hynny heb rybudd yn y byd.'

Rhoddodd Kate ei het a'i gôt i grogi ar y bachyn.

'Gymrwch chi baned? Un o Gymry Llundain dach chi felly?'

'Ia, yn union. Dwi wedi cytuno i ddod yma i ateb yr alwad am gymorth. Dod *out of retirement* er mwyn gwneud ychydig o waith yn y Caernarfon and Anglesey Hospital ym Mangor.'

'Mae hi'n adeg dda i fod yma yn Sir Fôn. Mae pethau'n o ddrwg tua Llundain efo'r bomio,' meddai Kate.

'Yn hollol, Mrs Jones. Mi fydda i'n lwcus os bydd fy nghartref yn Kings Cross yn dal i sefyll.'

Pennod 25

Roedd rhywbeth yn wahanol yn wyneb Kate Jones heddiw, fel petai cannwyll wedi goleuo y tu ôl i'w llygaid. Cododd o'i gwely gydag egni newydd yn ei cham. Am y tro cyntaf ers colli ei gŵr roedd ganddi gwmni. Er nad oedd y trefniant yn swyddogol eto, roedd ganddi lojar!

Am y tro cyntaf ers misoedd lawer eisteddodd o flaen y drych yn ei llofft. Teimlai fel rhoi ychydig o golur. Aeth ati i welwi ei chroen ac yna rhoi mymryn o gochni i'w gruddiau. Rhoddodd lipstic pinc. Roedd coch braidd yn rhy groch i'r bwrdd brecwast! Syllodd yn y drych. Syllodd yn hir fel petai hi'n gweld ei hun am y tro cyntaf. Brwsiodd ei gwallt; teimlai'n ysgafn, yn hapus hyd yn oed – fel petai cwmwl y galar a fu drosti wedi codi.

Wrth fynd i lawr y grisiau dechreuodd Kate gynllunio'i diwrnod. Yn gyntaf roedd angen gosod y bwrdd brecwast – ffordd o estyn croeso i'r tenant newydd. Agorodd ddrws y gegin a chael sioc.

Yno i'w chroesawu roedd Dr Harlech. Safai wrth fwrdd brecwast oedd wedi ei osod yn barod. Ar y bwrdd roedd llestri diarth. Y rhain oedd y llestri hyll roddodd Kate i gadw yng nghefn y cwpwrdd sawl blwyddyn yn ôl.

'Bore da,' dywedodd Dr Harlech yn wenog.

'Dach chi wedi mynd i drafferth,' dywedodd Kate gan geisio cuddio ei syndod.

'Penderfynais godi a gwneud rhywbeth defnyddiol,' ychwanegodd. Roedd Dr Harlech wedi cael bore prysur yn y gegin a'i ddwylo fel tentaclau octopws ym mhobman.

Tynnodd gadair i Kate fel petai'n weinydd mewn bwyty. Eisteddodd hithau'n araf gan edrych o'i chwmpas a dyfalu beth arall roedd Dr Harlech wedi'i wneud i'w chegin. Doedd hi ddim yn gyfarwydd â dynion yn ymddwyn fel hyn. Chododd ei gŵr na'i thad yr un bys i helpu erioed. Roedd y gegin yn lle estron iddynt.

Arllwysodd baned iddi a dechreuodd Kate ymlacio ar ôl dod dros y sioc o gael dyn yn gweini arni.

'Dwi wedi glanhau'r gegin i chi,' dywedodd, ei lais yn awgrymu fod dirfawr angen gwneud.

'Diolch, ond doedd dim angen. Mae gen i ferch yn dod i lanhau'n wythnosol,' dywedodd Kate.

'Nansi ydy ei henw hi. Mae hi'n gobeithio mynd i'r brifysgol flwyddyn nesaf.'

Agorodd Dr Harlech ei lygaid led y pen mewn syndod.

'Twt lol. Be nesaf!' dywedodd gan chwerthin yn ddilornus. Culhaodd Kate ei llygaid yn flin.

'Mae hi'n ferch glyfar a dwi'n credu y gwnaiff hi lwyddo.'

Anwybyddodd Dr Harlech ei sylw a chwifio goriadau o'i blaen yn chwareus.

'Mi ffeindiais rhain, Mrs Jones. Beth am drip bach allan o Rosneigr pnawn 'ma?' awgrymodd.

Cafodd Kate sioc o weld mai goriadau'r car oedd yn ei law. Edrychodd y tu ôl iddi. Ie, roedd goriadau Austin 7 ei gŵr wedi mynd o'r bachyn ar y wal. Doedd y car ddim wedi symud ers tro byd. Bu'n hel llwch yn y garej ers ei farwolaeth.

Mewn fflach reddfol ceisiodd Kate fachu'r goriadau o law Dr Harlech ond roedd o'n rhy gyflym iddi.

Gwasgodd ei dwylo'n ddyrnau ac ymladd yn erbyn y dagrau. Roedd ganddi hiraeth am y tripiau allan yn yr Austin 7 a llu o atgofion melys am y prynhawniau braf y bu hi a Morgan yn crwydro arfordir Sir Fôn a chael ambell bicnic. Roedd bod yn ddirmygus o Nansi a'i huchelgais yn un peth ond roedd glanhau ei chegin ac ymyrryd ym mhethau personol ei gŵr yn fater gwahanol.

Cymerodd Dr Harlech ei distawrwydd fel cadarnhad.

'Dewch. Mi awn ni â'r car yna allan. Mi neith les i chi.'

Er y byddai'r rhent wedi bod yn handi doedd Kate ddim am ddioddef dyn oedd yn gwybod yn well. Na, roedd yna ddigon o ddynion felly allan yn y byd mawr a doedd hi ddim angen un o dan yr un to.

'Dr Harlech, dwi ddim am i chi aros yn y tŷ yma un funud yn hwy. Mae digon o bobol eraill yn cynnig stafelloedd yn Rhosneigr. Rhowch oriadau'r car yn ôl ar y bachyn a phaciwch eich pethau!'

Gadawodd Kate y dyn yn syllu ar ei hôl yn gegrwth.

Pennod 26

Cnoc, cnoc, cnoc ac yna distawrwydd.

Dychmygodd Nansi, yn yr eiliadau rhwng cwsg ac effro, fod rhywun yn cnocio ar ddrws ei hystafell wely.

'Dewch i mewn,' galwodd yn gysglyd.

Deffrodd. Cododd ar ei heistedd yn y gwely a gwrando'n astud. Dyna fo eto. Sŵn cnocio fel petai rhywun yn dyrnu rhywbeth yn y pellter.

Roedd Nansi wedi amau fod rhywbeth yn y gwynt ar ôl gweld dyn diarth mewn siwt yn cario *briefcase* yn dod i'r tŷ echdoe i weld ei thad. Gwelodd ei thad yn cyfarch y dyn ac yn ei wahodd i'r lolfa. Caeodd ei thad y drws a chlywodd Nansi ddim o'r sgwrs fu rhyngddynt wedyn.

Neidiodd Nansi o'i gwely. Brasgamodd yn ei choban nos i lawr y grisiau ac allan i'r cowt o flaen y tŷ. Deuai'r sŵn o'r cae cyfagos. Rhedodd yn droednoeth i'w gyfeiriad, ei chalon yn curo'n galed. Rhythodd ar ei thad. Safai yno'n siglo o ochr i ochr yn llewys ei grys, ei wyneb yn llwyd a golwg y diawl arno fel petai o heb gysgu.

Oedd hi'n breuddwydio neu oedd o wrthi'n dyrnu arwydd *For Sale* i'r pridd?

Roedd pob ergyd â'r morthwyl mawr yn ysgwyd y tir ac yn teimlo fel petai hoelion yn mynd drwyddi.

Suddodd ei chalon. Ar ôl gwario holl gyfoeth ei thaid dyma'r weithred olaf. Gwerthu'r fferm deuluol. Ei chartref. Yr angor a gadwai bopeth ynghyd. Yma, lle bu'r teulu yn ffermio ers cenedlaethau.

'Dad!' Ond chlywodd ei thad ddim uwchben sŵn y morthwyl.

Aeth Nansi'n agosach ato. Arhosodd tan i'w thad gymryd hoe o'r gwaith.

'Dad, stopiwch!' ymbiliodd, ei llais crynedig yn dawelach y tro hwn. Taflodd yntau olwg sarrug ati. Safai Nansi o'i flaen yn ei choban, ei gwallt yn flêr a'i thraed yn gwaedu erbyn hyn. Am eiliad, credai hithau fod ei thad am ystyried ei geiriau a chododd ei hysbryd ryw fymryn. Ond cododd ei thad y morthwyl a'i daro i lawr ar y postyn eto.

'Dad. Stopiwch!' gwaeddodd Nansi, gan geisio gafael yn y morthwyl er mwyn ei rwystro. Yn ei dymer lluchiodd John Riley ddwrn nerthol tuag ati.

Pennod 27

Drannoeth, cododd Nansi'r potyn blodau wrth ddrws cefn Kate Jones a mynd i'r tŷ i ddechrau arni.

'Bore da,' galwodd yn dawel.

Wrth gamu i lawr y grisiau synhwyrai Kate fod rhywbeth o'i le. Fel arfer gweiddi 'Oes 'na bobol' dros y tŷ fyddai Nansi'n ei wneud – ond ddim heddiw.

Fe wibiai Nansi o gwmpas y tŷ am yr awr gyntaf ac am weddill y dydd byddai'n darllen ac ymarfer atebion arholiad yn y llyfrgell. Dyna'r drefn y cytunwyd arni – glanhau'r pethau sylfaenol ac yna astudio am weddill y dydd, y ddwy ohonynt yn gweithio gyda'i gilydd. Ond heddiw, symudai Nansi yn araf o gwmpas y parlwr; doedd hi ddim ei hun o gwbl.

'Be sy, Nansi?' holodd Kate yn dawel ysgafn.

'Dim byd, Mrs Jones,' atebodd Nansi wrth hel llwch y dreser a'i chefn ati. Ond roedd Kate wedi sylwi ar y cryndod yn ei llais.

'Stopia'r glanhau yna ac edrych arna i,' mynnodd, ei llais yn fwy awdurdodol y tro hwn.

Trodd Nansi ati'n araf. Brawychwyd Kate o weld fod ganddi glais mawr ar ei hwyneb a llygad ddu.

Cyffyrddodd yn dyner ynddi.

'Nansi fach, be ddigwyddodd?'

Ceisiodd Nansi sychu ei dagrau ond roedd gormod ohonynt yn disgyn.

'Mae Dad am werthu'r ffarm. 'Nes i drio ei stopio. Mi gollodd ei dymer...'

Y foment honno, yn sefyll yng nghanol yr ystafell yn ei dagrau, edrychai Nansi mor fregus ac unig. Rhoddodd Kate ei breichiau amdani i'w chysuro gan geisio dyfalu sut oedd posib ei gwarchod hi rhag dyrnau ei thad.

'Ti isio dod yma i aros am dipyn?'

Sychodd Nansi ei dagrau'n ddewr.

'Na. Diolch, dim ond gwylltio Dad a gwneud pethau'n waeth neith hynny. Cadw'n dawel sydd orau.'

Pennod 28

Heno o'i ystafell wely, gwyliai D.I. John y stryd drwy hollt yn y llenni. Fin nos fel hyn, roedd ganddo olygfa dda o weddill pentref Rhosneigr. Ers cychwyn y rhyfel roedd y lle'n morio o ddieithriaid.

Gyferbyn â'i dŷ, safai Wil. Doedd o yn sicr ddim yn un o'r ymwelwyr! Roedd y postfeistr i'w weld yn aml yn mynd â'i gi am dro'r adeg yma o'r nos. Gwyddai D.I. John am ei arferion yn iawn. Defnyddio'r anifail fel esgus wnâi'r hen bostfeistr budr, esgus i loetran o dan ffenest Kate Jones y weddw ddeniadol. Yr hen fochyn â fo – yn gobeithio cael cip ohoni'n newid drwy ffenest ei hystafell wely.

O gyfeiriad glan y môr, gwelodd ddyn yn nesáu gyda chymorth ffon. Dyma'r Capten Rupert Whitfield ar ei rownd nosweithiol o amgylch y pentref. Siaradai ag ef ei hun yn ddibaid wrth fynd – dadlau hyd yn oed. Roedd golwg ddryslyd arno bob amser, effaith y Rhyfel Mawr siŵr o fod. Duw a ŵyr pa hunllefau oedd yn mynd drwy feddwl hwn, meddyliodd D.I. John.

Cododd y gwynt a dechreuodd hi lawio.

Aeth D.I. John i'w boced i nôl sigarét a chanfod fod y blwch bron yn wag. Dim ond dwy oedd ar ôl. Dim digon i bara am y noson.

'Wyt ti'n dod 'nôl i'r gwely?' daeth llais cysglyd Sandra y tu ôl iddo.

'Na. Dwi'n mynd i chwilio am sigaréts. Gwranda, Sandra. Dwi wedi bod yn meddwl. Wyt ti'n credu ei bod hi'n bryd i chdi a dy dad symud yn ôl i'ch lle eich hun? Mae Churchill wedi codi'r ban ar Italians erbyn hyn,' dywedodd D.I. John gan geisio swnio mor gydymdeimladol â phosib. Y gwir oedd, doedd o ddim eisiau i Sandra gael syniadau am symud i mewn go iawn, yn enwedig gan fod y llywodraeth wedi llacio'r rheolau erbyn hyn.

'Y blydi bastad anghwrtais!' ffrwydrodd Sandra a'i llais yn atsain drwy'r tŷ. Roedd ei hwyneb yn goch a gwythïen yn ei gwddf yn pwmpio fel petai'n bygwth dod allan o'i chroen.

Ar ôl casglu ei thad o'r llofft sbâr, caeodd Sandra ddrws y tŷ yn glep y tu ôl iddi. Paratôdd D.I. John ei hun gan wybod beth oedd nesaf heb orfod edrych drwy ffenest ei lofft. Roedd Sandra wedi troi i wynebu'r tŷ ac wedi dechrau bloeddio geiriau anweddus nes denu'r holl gymdogion at eu ffenestri i fwynhau'r ddrama o'r tu ôl i'w llenni. Byddai gan drigolion Rhosneigr ddigon i'w drafod yn y bore.

* * *

Aeth D.I. John allan drwy'r cefn. Neidiodd i mewn i'r car heddlu. Taniodd yr injan, sythodd y drych a gyrrodd allan o Rosneigr i gyfeiriad Bangor.

Prin y gallai'r sychwyr ffenestri ymdopi â'r glaw trwm a chwythai o'r môr. Rhegodd dan ei wynt. Pam roedd rhaid iddo fynd o gwbl? Damia'r RAF. Yn ôl perchennog y siop leol glaniodd haid ohonynt yno a phrynu'r blydi cyfan mewn un. Yr holl stoc wedi diflannu mewn un ymweliad.

Gwyddai'n union ble i ddechrau chwilio am sigaréts. Roedd miloedd ohonynt yn newid dwylo ar y farchnad ddu bob dydd a gobeithiai D.I. John gael gafael ar un o'i *informants*. Roedd ganddo rwydwaith ohonynt. Fel pry copyn, roedd o wedi troelli gwe er mwyn bachu nifer o wehilion cymdeithas, pobol oedd ar gael iddo ddydd a nos ac yn fodlon rhannu cyfrinachau am gildwrn.

Wil Wirion oedd un ohonynt. Bob nos âi Wil o gwmpas tafarndai Bangor yn gorffen cwrw'r cwsmeriaid oedd wedi gadael eu diod am ychydig funudau i fynd am bisiad. Meddwi ar gorn pawb arall. Nid cwrw yn unig fyddai Wil yn ei ddwyn. Byddai'r ddiod yn llacio'r tafodau, a'r sgyrsiau'n esgor ar wybodaeth ddiddorol. Doedd Wil ddim mor wirion ag yr awgrymai ei enw. Ar ôl clustfeinio ar sgyrsiau'r yfwyr byddai'n cario unrhyw wybodaeth ddiddorol i D.I. John am gildwrn.

Ym Mangor, parciodd D.I. John rhwng dau adeilad gyferbyn â'r Glanrafon Hotel gan wylio'r drws wrth i'r dafarn wagio. Yr olaf allan oedd Wil Wirion. Caeodd y tafarnwr y drws yn glep ar ei ôl. Yn y gwynt a'r glaw simsanai Wil yn ôl a blaen ac o'r chwith i'r dde yn ei ddiod fel petai'n ansicr ble i fynd nesaf.

Agorodd D.I. John ffenest y car a'i alw draw. Ar ôl i Wil wau ei ffordd yn feddw tuag ato, pwysodd ar y car a gwneud arwydd am sigarét.

'Dwi isio stocio i fyny ar y sigaréts. Unrhyw syniad? Be ydy'r gair ar y stryd, Wil?' holodd D.I. John wrth danio un a'i phasio iddo.

Sugnodd Wil y mwg i mewn a'i chwythu yn ôl allan i'r oerfel mewn un cwmwl mawr bodlon. Gwthiodd ei ben i mewn i'r car a'i lenwi ag aroglau bragdy.

'Information is money, D.I. John, I'm taking risks.' Siaradai Wil yn acen nodweddiadol, hanner Sgows yr ardal. Fel llawer o fechgyn Bangor, roedd yn deall Cymraeg bob gair ond yn gwrthod ei siarad. Aeth D.I. John i'w boced ac estyn papur deg swllt er mwyn llacio'i dafod.

'Robbie Harris – he lives opposite the post office on

Caernarfon Road. He's just taken delivery of some interesting items…'

O fewn dim, roedd D.I. John yn parcio o flaen y tŷ ar Ffordd Caernarfon. Cnociodd ar ddrws ffrynt y tŷ a gweiddi 'Police' yn uchel. Yna rhedodd am y drws cefn gan wybod yn union beth fyddai'n digwydd nesaf.

Ychydig eiliadau ar ôl y waedd, rhedodd Robbie Harris drwy'r drws cefn ac yn syth i mewn i ysgwydd gadarn D.I. John. Yn ddeg ar hugain oed, gyda gwallt coch afreolus ac yn denau fel milgi, doedd fawr o obaith ganddo yn erbyn pymtheg stôn yr heddwas. Syrthiodd Robbie fel sach o datw a griddfan ar y gwair. Camodd D.I. John drosto ac i mewn i'r tŷ. Roedd yr ystafell fyw yn llawn nwyddau o bob math – bagiau siwgr, bocsys o sigaréts a photeli o *spirits*.

'Bydd yn fwy gofalus tro nesa, Robbie,' dywedodd D.I. John wrth gerdded i ffwrdd gyda bag yn llawn sigaréts.

Pennod 29

Roedd newid mawr ar droed. Am y tro cyntaf yn hanes Heddlu Sir Fôn roedd gan yr ynys heddweision benywaidd.

Eisteddai Gwen Parry yng nghanol y swyddfa a golwg nerfus a cholledig arni. Yn bump ar hugain oed, roedd ganddi wên siriol a wyneb crwn fel lleuad.

Mynd ati i'w chroesawu oedd y peth cymdeithasol i'w wneud ond roedd y Prif Gwnstabl Grace wedi rhybuddio D.I. John i beidio â gwneud hynny. Yn ôl Grace, roedd rhaid i D.I. John gadw draw achos ei fod o 'ddim yn dryst' o gwmpas merched.

Daeth y Prif Gwnstabl i'r golwg a mynd yn syth at Gwen Parry. Gwenodd y recriwt newydd yn nerfus arno wrth iddo nesáu. Rhoddodd Grace fraich amdani. Eglurodd, mewn llais tawel a thadol, ei fod yn ei gweld hi mewn rôl cynorthwyydd personol iddo yn hytrach na rôl plismona.

Ochneidiodd D.I. John yn uchel wrth wylio Grace yn rhoi ei fachau arni. Clywodd ei bennaeth yn cynnig mynd â hi am dro yn ei *sports car* Jaguar. Byddai pen moel Grace i'w weld yn gwibio o gwmpas Ynys Môn yn y Jaguar SS 100 Roadster gan adael pawb yn dyfalu sut y fforddiodd hwn y fath beiriant drud ar gyflog heddwas. I rai fel D.I. John, a wyddai'r gwir, roedd yr ateb yn amlwg. Anrheg oedd y car gan John Riley, ei ffrind yn y Seiri Rhyddion – anrheg er mwyn prynu ffafriaeth.

Heb yn wybod i Grace, roedd plismones lawer hŷn wedi dod i mewn i'r swyddfa. Taflodd D.I. John olwg sydyn i'w chyfeiriad a gwenu. Roedd hon wedi darllen y sefyllfa'n berffaith ac yn syllu'n flin. Yn hanner cant, solat ei chorff a difrifol yr olwg, roedd Sarjant Helen Roberts yn blismones brofiadol ac wedi cael ei hanfon i Gaergybi i warchod y merched newydd.

Ar ôl gweld Grace yn gafael am y blismones ifanc yn anaddas, cliriodd Helen Roberts ei gwddf a galw ei enw'n uchel fel cloch:

'Chief Constable Grace.'

Neidiodd Grace, tynnodd ei fraich oddi ar Gwen Parry a chilio i'w swyddfa.

Yn ddiweddarach y diwrnod hwnnw, casglodd Helen Roberts holl heddweision Caergybi ynghyd gan ddarllen o ddogfen swyddogol. Edrychodd D.I. John ar Grace yn sefyll yn fud ac ufudd wrth ei hochr, yn union fel ei defaid ar ôl cael stŵr.

'After a period of training, the women police officers will have the following duties. Patrolling, escorting women and children and taking statements from them in relation to sexual offences, watching and searching female prisoners or those who had attempted suicide, clerical work, plain-clothes duty and finally detective work.'

Gwingodd Grace yn anghyfforddus ar ôl clywed am y gwaith ditectif. Nid dyma'r math o beth oedd ganddo mewn golwg pan gytunodd i fod yn rhan o'r arbrawf newydd.

Pennod 30

Yng Nghaergybi roedd Sylvia, ysgrifenyddes ddibynadwy T. Lloyd Jones & Co, wedi penderfynu codi o'i gwely. Er bod ganddi bapur doctor am ddeuddydd arall roedd yr annwyd trwm wedi gwella a theimlai'n barod i fynd yn ôl i'r gwaith yn gynnar. Gorau po gyntaf y dychwelai i gadw trefn gan fod Lloyd Jones ar goll hebddi, a gwyddai Sylvia y byddai yna fynydd o bapur yn aros amdani.

Wrth agor drws y swyddfa aroglai bersawr anghyfarwydd yn yr awyr. Gwenodd wyneb diarth arni o'r dderbynfa. Roedd dynes ifanc ddeniadol o'r enw Heddyr yn eistedd yn sedd Sylvia.

'Helô? Fedra i eich helpu chi?'

Diystyrodd Sylvia'r ferch a mynd yn syth i gnocio ar ddrws Lloyd Jones i fynnu ateb. Heb yn wybod i Sylvia roedd Lloyd Jones wedi dechrau perthynas gyda Heddyr – er bod dros ugain mlynedd rhyngddynt.

'Be sy'n mynd ymlaen? Pwy ydy'r ferch 'na yn fy nghadair i?'

Cochodd Lloyd Jones ond taranodd Sylvia yn ei blaen.

'Os dach chi'n meddwl bo' chi'n gallu fy sacio i mi fydd 'na le yma!'

Cododd Lloyd Jones a mynd at Heddyr a sibrwd yn ei

chlust, 'Heddyr, cariad, ymddiheuriadau. Well i chi fynd a gadael i mi sortio hyn allan efo Sylvia.'

Cipiodd Heddyr ei chôt o gefn ei chadair heb ddweud gair a gadael. Syllodd Sylvia a Lloyd Jones ar ei gilydd am ennyd cyn i'r cyfreithiwr dorri ar y distawrwydd.

'Dwi wedi penderfynu gwneud newidiadau.'

Rhewodd Sylvia.

'Newch chi ddim byd o'r fath,' dywedodd, ei hanadl yn drwm a'i hwyneb yn llwyd a syfrdan.

'Mae angen gwaed newydd ar y lle yma. Mi gewch chi fis o gyflog i fynd efo chi,' cyhoeddodd Lloyd Jones mewn llais di-droi'n-ôl.

Doedd Sylvia ddim yn gallu credu ei chlustiau. Geiriau caled diddiolch a hynny ar ôl ugain mlynedd o wasanaeth ffyddlon! Cododd ei llais a phoeri ei geiriau fel gwenwyn,

'Dwi wedi bod mor blydi ffyddlon i chi yn y blydi lle 'ma!'

Agorodd Lloyd Jones ei geg i ddadlau'n ôl, ond yn ofer.

'A beth am eich cyfrinachau tywyll? Ydach chi'n disgwyl i mi gadw'r rheiny ar ôl i mi gael y sac?'

'Cyfrinachau? Pa gyfrinachau?' holodd Lloyd Jones yn hanner chwerthin.

Culhaodd llygaid Sylvia.

'Ewyllys Harri Lewis. 'Nes i dystio i ewyllys newydd Harri cyn iddo farw. Twyllo ydy hynny. *Fraud*!' gwaeddodd Sylvia.

'Does yna ddim tystiolaeth yn y byd fod Harri wedi newid ei ewyllys. Neith llys barn fyth gredu eich gair chi yn erbyn fy ngair i!'

Chwarddodd Sylvia'n uchel.

'Ydach chi'n meddwl 'mod i'n dwp? Pwy sy'n gwagio'r biniau yn y lle yma? Mi dynnais yr ewyllys allan o'r sbwriel. Mae o gen i'n saff. Mi gewch chi jêl!'

Gwelodd wyneb Lloyd Jones mewn sioc. Eisteddodd yn simsan yn y gadair y tu ôl i'w ddesg. Ceisiodd ymwroli.

Os oedd hyn yn wir a bod ganddi'r ewyllys fel tystiolaeth, gallai wynebu carchar am dwyll. Gwibiodd ei feddwl i geisio cyfaddawd.

'Gwrandewch, mi gewch chi gadw'ch job. Ond rhowch yr ewyllys yna yn ôl i mi, Sylvia.'

Syllodd Sylvia arno'n hir cyn ysgwyd ei phen ac ateb mewn llais oer a chaled, 'Na. Mi gewch chi stwffio'ch job. Dwi'n mynd i lawr i'r polîs stesion i'ch reportio chi. Mi gewch chi egluro bob dim iddyn nhw pan ddown nhw yma i'ch arestio chi.'

Yn yr eiliadau nesaf daeth cwmwl coch o boen dros Lloyd Jones wrth ddychmygu'r chwalfa. Yr achos llys, y carchar a'r cywilydd.

'Sylvia. Na... Peidiwch...' plediodd, ei lais yn wan.

Cyn gadael oedodd Sylvia am eiliad wrth y drws. Edrychodd arno – doedd ganddi ddim trueni drosto a'i ddagrau ffals. Doedd dim byd arall i'w ddweud. Caeodd y drws ac anelu am swyddfa'r heddlu.

Pennod 31

Dringo'r goeden enfawr o flaen ei chartref oedd hoff ddihangfa Nansi rhag y byd. Yma yn ei chuddfan ymysg y dail gwelai, i'r chwith iddi, fynyddoedd Eryri yn eu holl ogoniant. O'i blaen gwelai'r môr glas yn ymestyn tua'r gorwel a thuag at Iwerddon. I'r ochr dde gwelai weddill Ynys Môn, yn rhwydwaith o gaeau gwyrdd, ffermydd a phentrefi bychain.

Edrychai popeth mor wahanol o'r fan hon. I lawr ar y fferm islaw gwyliai ei thad yn cerdded hwnt ac yma. Teimlai fel ysbryd anweledig yn edrych i lawr ar y byd. Clywodd y ffôn yn canu yn y tŷ. Diflannodd ei thad ac o fewn dim, daeth allan eto i gowt y fferm a gweiddi ei henw'n uchel.

'Nansi,' galwodd yr eildro, yn uwch y tro hwn. Synhwyrai Nansi fod rhywbeth o'i le. Roedd sŵn gofid a brys yn ei lais. Edrychai ei thad ar goll fel petai'r alwad ffôn wedi codi dychryn arno. Oedd, roedd rhywbeth mawr o'i le. Fyddai ei thad byth yn mynd i'r fath banig.

Galwodd enw Nansi droeon ond arhosodd hithau'n dawel. Roedd hi wedi hen arfer cuddio fel hyn. Am unwaith, hi oedd yn rheoli. Penderfynodd aros o'r golwg.

Collodd ei chalon guriad wrth i'w thad godi ei ben ac edrych yn syth i fyny at ei chuddfan yng nghanol dail y coed. Am eiliad credai Nansi iddo ei gweld. Yna, aeth i chwilio amdani yn y cytiau a galwodd ei henw wrth agor pob drws fel dyn gwyllt. Parhaodd hyn am funudau lawer. Yna, clywodd Nansi sŵn injan yn nesáu. Yn y pellter gwelodd gar yn gyrru ar hyd y lonydd cefn – *sports car* coch gyda dyn tal pen moel tu ôl i'r olwyn a dynes ganol oed gyda gwallt du fel y frân wrth ei ochr.

Wrth i'r car nesáu, rhedodd ei thad i'r tŷ a dod allan mewn ychydig eiliadau gyda gwn *twelve-bore*. Digwyddodd popeth ar gyflymder mawr. Llwythodd y gwn a chaeodd y faril yn glep fel petai'n bwriadu ei ddefnyddio.

Pan welodd y ddynes John Riley yn rhedeg tuag ati gyda gwn yn ei law dechreuodd sgrechian ar dop ei llais.

Pennod 32

Syrffed oedd yn wynebu D.I. John yn y swyddfa heddiw. Edrychodd ar ei lyfr poced ac ochneidio'n hir wrth geisio creu adroddiad swyddogol ar sail y nodiadau. Er iddo arestio dyn am ddwyn petrol o gar cymydog doedd o ddim yn cofio'r manylion, a doedd ganddo fawr o ddiddordeb mewn ail-fyw yr holl beth ar bapur chwaith.

Çododd ei ben o'r dasg a syllu drwy'r ffenest ar y tywydd braf. Crwydrodd ei lygaid at Gwen Parry'r blismones newydd gyferbyn. Gwenodd hithau'n ôl mewn cydymdeimlad â'i benbleth weinyddol.

Er bod y Prif Gwnstabl Grace wedi rhybuddio Gwen rhagddo, hwn oedd y mwyaf diddorol o blith yr heddweision. Dim ond cynyddu ei chwilfrydedd wnaeth rhybudd y Prif Gwnstabl. Ond doedd D.I. John yn malio dim. Ar wahân i ddweud 'bore da' wrthi, cadwodd draw. Roedd y sarjant wrth y ddesg flaen yn mwynhau gweld D.I. John yn chwysu'n ddi-glem ac yn methu llenwi ei adroddiad.

'Be sy, D.I. John? Oes gennoch chi amnesia? Ydach chi'n methu cofio?'

'Oes yn wir, mae gen i amnesia ond dwi dal i'ch cofio chi,' atebodd D.I. John heb edrych ar y sarjant.

Canodd y ffôn. Y sarjant atebodd.

'Iawn, Mr Riley,' dywedodd ar ôl gwrando am funud.

'Peidiwch â phoeni. Mae D.I. John ar ei ffordd. Missing person, D.I. John. Mae Nansi Riley, merch John Riley, ar goll.'

Roedd D.I. John allan o'i gadair fel bollt ac yn rhuthro am y drws. Cipiodd oriadau'r car o fachyn y swyddfa ar y ffordd allan.

'Dwi am fynd hefyd.' Cododd Gwen o'i chadair a'i ddilyn er nad oedd hi i fod i wneud. Galwodd y sarjant ar ei hôl, ond yn ofer.

Ar y daith rhwng y swyddfa a'r fferm ddywedodd D.I. John yr un gair. Doedd Gwen erioed wedi profi'r fath gyflymder. Rhwygodd y car mawr drwy'r lonydd cefn cyn sgrialu i stop o flaen fferm y Rileys.

Agorodd D.I. John y ffenest a thanio sigarét; eisteddodd i fwynhau'r smôc mewn tawelwch. Sylwodd fod yna arwydd *For Sale*. Gwen siaradodd gyntaf.

'Mewn achos o ddiflaniad fel hyn mae'n bwysig dadansoddi. Rhestru'r pethau da sy'n gwneud i Nansi aros yn erbyn y pethau drwg sy'n gwneud iddi fynd. Y *push and pull factors* maen nhw'n eu galw nhw yn y *police manual*.'

'Iawn – os dach chi'n dweud,' dywedodd D.I. John a fflicio stwmp ei sigarét drwy'r ffenest.

'Be dach chi isio i mi wneud unwaith 'dan ni yn y tŷ?' holodd Gwen wrth i'r ddau gerdded at y ffermdy.

'Cerwch i'r llofftydd. Ffeindiwch ystafell Nansi i chwilio am gliwiau, tra bydda i'n cadw John Riley'n brysur.'

Ar y gair daeth John Riley i bwyso ar ddrws y tŷ a golwg flin y cythraul arno.

'Lle dach chi wedi bod? Dwi wedi bod yn aros hydoedd,' dywedodd, ei eiriau'n llithro a drewdod y wisgi i'w glywed o bell.

'Pryd welaist ti Nansi ddwetha, Riley?' holodd D.I. John wrth nesáu.

'Mr Riley i ti!'

O flaen y tŷ, mewn ennyd o atgasedd pur, sgwariodd y ddau. John Riley ildiodd yn y diwedd a'u harwain i mewn i'r tŷ ac i'r gegin. Aeth at fwrdd y gegin ac arllwys gwydraid o wisgi a'i yfed mewn un cegaid.

'Dwi ddim wedi ei gweld hi ers ddoe. Wn i ddim ble aeth hi. 'Ych job chi ydy'i ffeindio hi. Dim fi.'

'Dio'n bosib ei bod hi'n aros efo ffrind?' holodd Gwen Parry.

'Does ganddi hi ddim ffrindiau,' dywedodd, gan edrych ar y blismones o'i chorun i'w sawdl fel petai hi wedi gofyn cwestiwn cwbl hurt.

'Mae hi'n rhy brysur i gael ffrindiau – mae hi'n rhy brysur yn glanhau tai,' ychwanegodd mewn llais hunangyfiawn.

Siglodd D.I. John ei ben mewn cydymdeimlad dwys â Nansi.

'Ga i ddefnyddio'ch toiled chi?' holodd Gwen.

'Top y grisiau ar y chwith. Does 'na'm papur,' dywedodd John Riley. Taniodd sigarét a gwyliodd, drwy ddrws y gegin, goesau'r blismones yn dringo'r grisiau.

'Faint o'r gloch adawodd hi ddoe?' holodd D.I. John yn sych gyda'i lyfr poced yn ei law. Cymerodd ei amser wrth holi a nodi atebion er mwyn rhoi cymaint o amser â phosib i Gwen chwilio'r llofftydd.

Cerddodd Gwen yn ysgafn-droed ar hyd y landin rhag ofn i John Riley ei chlywed drwy'r nenfwd. Gwelodd enw Nansi ar un o'r drysau. Roedd yr ystafell yn llwm ac wedi ei dodrefnu'n syml. Gwely, cwpwrdd, bwrdd a chadair a dyna ni. Roedd pentwr o ddillad blêr wrth droed y cwpwrdd fel petai rhywun wedi pacio bag ar frys. Edrychodd Gwen o gwmpas y llofft. Pan oedd yn hogan ifanc, o dan y fatres y cuddiai hithau ei chyfrinachau.

Cododd y fatres a chael cryn syndod ar ôl gweld beth oedd yno.

*   *   *

'Beth ydy'ch argraff chi o John Riley? Dio'n dweud y gwir? Ydach chi'n credu bod Nansi ar goll?' holodd Gwen yn y car ar y ffordd yn ôl i'r swyddfa.

'Yndi. Mae o'n dweud y gwir. Dwi'n credu ei bod hi wedi rhedeg i ffwrdd er mwyn dianc rhag ei thad,' dywedodd D.I. John yn bendant.

'Wn i ddim ydy o o bwys ond mi ffeindiais hwn o dan fatres Nansi.' Yn ei llaw daliai'r nofel *Wuthering Heights* gan Emily Brontë.

'Gorfod cuddio'r llyfr? Doedd hi ddim hyd yn oed yn cael darllen? Yr hen fastad,' dywedodd D.I. John.

Agorodd Gwen y nofel. Y tu mewn i'r clawr gwelodd enw'r perchennog: *Professor Morgan Jones, University College, Bangor.*

Adnabu D.I. John yr enw'n syth.

'Mae ei weddw'n byw yn Rhosneigr. Dwi'n gwybod yn union lle mae'r tŷ.'

*   *   *

'Dwi ddim wedi ei gweld hi ers iddi lanhau yma dydd Iau,' atebodd Kate Jones ar stepen drws ei chartref. Roedd ei llais yn llawn pryder ar ôl clywed am ddiflaniad Nansi.

'Gawn ni ddod i mewn am funud? Dim ond ambell gwestiwn er mwyn cael darlun llawn,' holodd D.I. John.

'Siŵr iawn. Maddeuwch y blerwch, dwi yng nghanol pobi,' dywedodd Kate gan sychu ei dwylo mewn cadach wrth arwain D.I. John a Gwen i mewn i'r lolfa.

'Eich hun dach chi? Gweld chi'n pobi. Oes ganddoch chi gwmni?' holodd D.I. John.

'Mi oedd gen i lojar – Dr Harlech. Ond na'th o ddim para pum munud. Doedden ni ddim yn tynnu 'mlaen,' dywedodd Kate.

'Sut felly?' holodd D.I. John yn chwilfrydig.

'Doedd o ddim y math o ddyn roeddwn i'n gysurus yn byw efo fo. Mi oedd o'n un od,' atebodd. Bu distawrwydd am eiliad ac aeth Kate yn ei blaen.

'Dwi'n cymryd eich bod chi'n gwybod fod John Riley'n hambygio Nansi?'

'Be dach chi'n feddwl yn union?' holodd D.I. John.

'Wn i ddim os dylwn i ddweud,' dywedodd Kate yn gyndyn.

'Rhannwch ar bob cyfri, Mrs Jones. Mae angen i ni wybod popeth.'

Adroddodd Kate hanes y cleisiau a'r llygad ddu roddodd John Riley iddi.

'Mae'r druan wedi bod yn y wars,' dywedodd yn dawel.

Pennod 33

Canodd y ffôn yn swyddfa Caergybi. Atebodd y sarjant. Ar ôl clywed y panic yn y llais diflannodd ei wên arferol. Taflodd olwg ddifrifol at D.I. John wrth wrando ar y llais.

'Cymrwch eich amser... ym mha goedwig dach chi wedi darganfod corff?'

Mewn chwinciad trodd y gobaith o ddarganfod Nansi'n fyw yn anobaith. Caeodd D.I. John ei lygaid yn dynn am rai eiliadau. Yna cododd, gwisgodd ei gôt ac aeth allan heb ddweud gair.

Taniodd injan Ford V8 du'r heddlu mewn tymer. Saethodd y car allan o'r orsaf a bu'n rhaid iddo sathru ei droed ar y brêcs ar ôl i Gwen Parry neidio o'i flaen a chwifio'i breichiau. Neidiodd Gwen i mewn a sgrechiodd y car allan o'r orsaf i'r lôn fawr.

'Ar ben fy hun dwi'n gweithio,' dywedodd D.I. John yn swta wrth yrru ar gyflymder mawr a chywiro drych ei gar wrth fynd.

'Ia. Dyna o'n i'n dallt! Ond dwi'n dysgu dim yn ista ar fy nhin yn gwrando ar jôcs y sarjant,' atebodd Gwen.

Digon teg, meddyliodd D.I. John. Eto, doedd o ddim angen rhywun yn lifrai'r heddlu yn ei ddilyn fel cysgod i bob man.

'Yn rhai o'r llefydd dwi'n gorfod mynd iddyn nhw, mae

iwnifform y polîs yn sticio allan fel ficer mewn hwrdy,' ychwanegodd.

Doedd gan Gwen ddim ateb i hynny. Eisteddodd yn dawel am weddill y siwrnai.

Parciodd D.I. John ar y bont fach yng nghanol coed Cwr y Pwll yn ardal Llanfaelog nid nepell o'r môr. Roedd nifer o bobol wedi ymgasglu yn y goedwig o'u blaenau.

'Dilynwch fi efo'r tâp. Ewch i'w nôl o o'r bŵt. Mi fydd angen rhoi'r tâp o amgylch y *crime scene*,' dywedodd D.I. John a dechrau brasgamu atynt. Wrth nesáu gwelodd eu bod wedi casglu'n gylch uwchben corff llonydd ar y llawr.

Fflachiodd D.I. John ei fathodyn.

'Dwi angen siarad efo pwy bynnag ffeindiodd y corff. Ga i ofyn i'r gweddill ohonoch chi fynd i aros wrth y car er mwyn i ni gymryd *statements* ganddoch chi?' Ufuddhaodd y grŵp a chilio'n dawel gan adael gwraig ganol oed yn sefyll yno. Closiodd D.I. John at y corff. Roedd hi oddeutu hanner cant oed a chanddi groen gwelw a gwallt du. Tynnodd D.I. John anadl o ryddhad. Nid Nansi Riley oedd hi felly. Yna, cafodd bang o euogrwydd am deimlo'r fath ryddhad. Trodd at y wraig y tu ôl iddo.

'Mi ges i'r fath sioc achos dwi'n meddwl 'mod i'n nabod y ddynes,' dywedodd hithau, ei llais yn crynu.

'Oes rhywun wedi symud y corff?' holodd D.I. John.

'Oes. Mi dynnodd y dynion y corff i lawr. Mi oedd hi'n hongian o'r gangen yna, druan.' Pwyntiodd y wraig at y goeden uwchben. Roedd gweddillion y rhaff yn chwifio yn yr awel.

'Sut dach chi'n meddwl eich bod chi'n ei nabod hi?' holodd D.I. John.

'Dwi'n credu ei bod hi'n byw yn Station Street gyferbyn â fy chwaer. Tŷ efo drws coch. Sylvia dwi'n meddwl oedd ei henw hi, ond alla i ddim bod gant y cant.'

Daeth Gwen i sefyll nesaf ato gyda'r tâp yn ei llaw.

'Rhowch y tâp am foncyffion y coed i greu cylch i warchod y lleoliad.'

* * *

Parciodd D.I. John gyferbyn â'r unig dŷ gyda drws coch yn Station Street. Taniodd sigarét ac eistedd mewn tawelwch. Edrychodd Gwen Parry arno sawl gwaith fel petai hi ar fin dweud rhywbeth, ond penderfynodd beidio.

'*Murder* neu *suicide*?' holodd Gwen ar ôl syrffedu ar dawelwch.

'Wn i ddim. Y cyfan dwi'n wybod yr eiliad hon ydy 'mod i am gael smôc cyn mynd ddim pellach,' dywedodd D.I. John. Ar ôl iddo orffen ei sigarét aeth y ddau i gyfeiriad rhif pump gyda'r teimlad annifyr fod hanner y stryd yn eu gwylio o'r tu ôl i'w llenni.

Cnociodd D.I. John sawl gwaith heb lwyddiant. Yna, cododd y mat wrth droed y drws a chanfod goriad yno.

'Wastad werth trio,' dywedodd.

'Oes 'na bobol?' gwaeddodd wrth agor y drws. Roedd golwg y diawl ar y tŷ fel petai corwynt gwyllt wedi bod trwyddo'n gwagio popeth o bob cwpwrdd a drôr.

'Blydi hel,' dywedodd Gwen dan ei gwynt.

'Mae rhywun go benderfynol wedi bod yma,' dywedodd D.I. John wrth gerdded drwy'r llanast. Ymysg y taclau ar y llawr roedd cloc wedi chwalu a'r bysedd wedi stopio ar ddeg o'r gloch. Cododd D.I. John bentwr o bapurau punt o'r llawr.

Daeth golwg feddylgar dros wyneb Gwen.

'Pa fath o ladron sy'n gadael pres ar ôl?'

'Lladron sy'n chwilio am rywbeth pwysicach na phres,' dywedodd D.I. John wrth sythu'r papurau punt a'u gosod yn daclus yn ei waled ei hun.

'Ydach chi newydd ddwyn yr arian yna, D.I. John?'

gofynnodd Gwen gan syllu'n gegrwth. Cododd D.I. John ei ysgwyddau'n ddi-hid wrth gadw'r waled yn ei boced ac edrych ar y llanast.

'O edrych ar olwg y lle 'ma, dwi ddim yn meddwl bod y lladron wedi ffeindio'r hyn roedden nhw ar ei ôl.'

Cododd Gwen ddarn papur o'r llawr.

'*Pay slip*. Yn ôl hwn roedd hi'n gweithio yn T. Lloyd Jones & Co. Ar y stryd fawr.'

* * *

Tu ôl i'r ddesg flaen yn nerbynfa T. Lloyd Jones & Co edrychai'r ddynes dlos allan o le rhywsut yn y swyddfa lom. Roedd angen llawer mwy na chôt o baent ar yr hen le. Gwyddai D.I. John am Lloyd Jones – crafwr cymdeithasol ac un o aelodau blaenllaw y Seiri Rhyddion.

Gwridodd y wraig ifanc ar ôl gweld y dyn golygus o'i blaen. Fflachiodd D.I. John ei fathodyn.

'Sut fedra i'ch helpu chi?' gofynnodd, ei gwên siriol yn diflannu ar ôl gweld y bathodyn.

'Ydach chi wedi clywed am rywun o'r enw Sylvia Roberts?' holodd D.I. John.

'Do,' dywedodd y ddynes ifanc yn dawel.

'Dwi wedi clywed y newyddion trist amdani hefyd. Trist ofnadwy.'

'Mae newyddion drwg yn teithio'n gyflym! Pryd oedd y tro dwetha i chi ei gweld hi?' holodd D.I. John.

Cyn ateb taflodd gip dros ei hysgwydd at ddrws caeedig Lloyd Jones y tu ôl iddi.

'Mi fuo hi yma. Mi gath hi'r sac gan Lloyd... sori.... Mr Jones...'

'Y sac? Pam felly?'

Gostyngodd ei llais a sibrwd, 'Well i chi holi Mr Jones.'

Ar y gair agorodd y drws y tu ôl iddi a daeth wyneb Lloyd Jones i'r golwg.

'Heddyr – ydy bob dim yn iawn?' Edrychodd ar D.I. John o'i ben i'w sawdl.

'Ga i ddod i mewn am air?' holodd D.I. John.

'Iawn. Dewch i mewn.' Caeodd Lloyd Jones y drws ac eisteddodd y ddau gyferbyn â'i gilydd.

'Wn i ddim ydach chi wedi clywed, ond darganfuwyd corff Sylvia Roberts bore 'ma,' dywedodd D.I. John yn swta a'i wyneb yn hollol ddifynegiant.

Nodiodd yntau.

'Do. Trist iawn.'

'Dwi'n dallt eich bod chi newydd ei sacio hi. Ga i ofyn pam?'

Anesmwythodd y cyfreithiwr.

'Mi oedd angen gwaed newydd. Rhywun sy'n gallu marchnata ychydig ar y busnes – ac mae gan Heddyr brofiad marchnata, dach chi'n gweld. Daw hi â busnes newydd i mewn.'

Syllodd arno'n hir. Roedd ymateb Lloyd Jones yn rhy gyfleus wrth fodd D.I. John.

'Sut na'th hi ymateb ar ôl i chi ei sacio hi?'

Cymerodd Lloyd Jones anadl ddofn.

'Dwi'n credu ei bod hi'n hanner disgwyl y peth. Doedd hi ddim wedi bod yn effeithiol yn ei job ers tro.'

Cyn gadael, ysgrifennodd D.I. John y gair 'celwydd' yn ei lyfr nodiadau a'i danlinellu.

*　　*　　*

Safai D.I. John o flaen y criw o heddweision yn swyddfa'r heddlu yng Nghaergybi yn cyflwyno crynodeb o'r hanes. Y tu ôl iddo, ar y wal, gosododd luniau o Nansi Riley a Sylvia Roberts.

'Dydan ni ddim yn gwybod oes yna gysylltiad rhwng diflaniad Nansi a marwolaeth Sylvia. Dydan ni ddim yn gwybod eto ai lladd ei hun na'th Sylvia Roberts chwaith.'

'Mae'r enw yna'n swnio'n gyfarwydd,' dywedodd y diwti sarjant.

'Dwi'n siŵr fod y ddynes yna wedi dod i'r swyddfa!' ychwanegodd. Aeth at y ddesg flaen a dod yn ôl â'i drwyn yn y llyfr ymwelwyr. 'Ia, dyma ni. Sylvia Roberts. Y Prif Gwnstabl welodd hi gan fod pawb arall allan o'r swyddfa yn chwilio am Nansi Riley.'

Aeth D.I. John yn syth i swyddfa'r Prif Gwnstabl Grace ym mhen pellaf yr orsaf. Cydiodd Grace mewn papur a gwisgo'i sbectol ddarllen mewn ymdrech i edrych yn brysur.

'Syr. Yn ôl y sarjant, mi welsoch chi Sylvia Roberts? Beth oedd hi isio?'

Tynnodd Grace ei sbectol a cheisio gwneud yn fach o'r ymweliad. 'Do, daeth hi yma. Roedd hi dan deimlad ar ôl colli ei swydd.'

'Beth oedd natur ei chŵyn, Syr?' holodd D.I. John.

'Cwyno ei bod hi wedi cael cam ond eglurais wrthi nad mater i'r heddlu oedd hynny. *Hell hath no fury like a woman scorned*, D.I. John. *Storm in a tea cup* a *sour grapes* os dach chi'n gofyn i mi.'

Synhwyrai D.I. John dinc amddiffynnol yn ateb ei bennaeth. Clywai ychydig o gryndod yn ei lais hefyd. Aroglai anwiredd yn y gwynt.

Disgrifiodd gartref Sylvia.

'Mae rhywun wedi troi'r lle ben i waered yn chwilio am rywbeth, Syr.'

Ysgydwodd Grace ei ben yn ddi-glem.

'Gymroch chi *statement* ganddi, Syr?'

'Naddo. Doedd dim angen. Ond mi 'nes i roi lifft adra iddi.'

'Ym mha ardal o Gaergybi gollyngoch chi hi, Syr?'

Cododd Grace ei ysgwyddau a gwneud wyneb ffwrdd-â-hi.

'Wrth ei chartref hi wrth gwrs.'

'Ei thŷ hi yn Queen Street, Syr?' awgrymodd D.I. John.

'Ia, dyna chi, D.I. John, dwi'n cofio'n glir rŵan – gollyngais hi yn Queen Street.'

Mwy o gelwydd. Roedd D.I. John yn gwybod yn iawn mai yn Station Street roedd Sylvia'n byw.

Pennod 34

Cerddodd D.I. John ar hyd y coridor hir a thywyll a arweiniai i fortiwari'r ysbyty ym Mangor. Yno disgwyliai gyfarfod Dr Gabbott – prif batholegydd yr ysbyty ac un o ffrindiau mynwesol y Prif Gwnstabl Grace, oedd hefyd wrth gwrs, yn aelod arall o'r Seiri Rhyddion.

Clywodd D.I. John lais cyfarwydd yn galw ei enw. Brasgamodd y Prif Gwnstabl Grace i lawr y coridor tuag ato.

'Duw, na'th neb ddweud eich bod chi'n dod, Syr,' dywedodd D.I. John yn swta.

'Mae'r achos yn un *high profile*, D.I. John. Be dach chi'n ddisgwyl?'

Rwtsh llwyr, meddyliodd D.I. John. Roedd ei bennaeth yno achos fod ganddo rywbeth i'w guddio.

Doedd D.I. John ddim yn disgwyl gweld y dyn a ddisgwyliai amdanynt. Er mawr syndod i'r ddau, nid Dr Gabbott oedd yno ond dyn a gyflwynodd ei hun fel Dr Harlech.

Wrth ysgwyd ei law, cofiodd D.I. John fod Kate Jones wedi crybwyll rhyw lojar o'r enw Dr Harlech. Er gwaethaf adroddiad negyddol Kate amdano, roedd D.I. John yn eithaf balch o'i weld. Roedd yn well ganddo'r dieithryn hwn na Dr Gabbott, ffrind mynwesol ei bennaeth.

'Where's Dr Gabbott?' holodd Grace yn flin.

'Mae Dr Gabbott ar y ffordd ond wedi cael ei ddal ar y trên rywle rhwng Llundain a Bangor. Dach chi'n styc efo fi, mae arna i ofn. Dr Harlech yw'r enw.'

'Ond achos Dr Gabbott ydy hwn,' protestiodd Grace.

'Oes ots? Dwi'n batholegydd profiadol.'

Doedd hyn yn amlwg ddim wrth fodd Grace. Roedd ganddo drefniant pendant gyda Dr Gabbott. Doedd neb arall i fod i wneud yr archwiliad.

Gwenodd D.I. John yn fewnol. Roedd o wrth ei fodd yn gweld anesmwythdra Grace.

Ar y llechen, roedd corff Sylvia o dan orchudd gwyn. Cyn mynd at y corff, aeth Dr Harlech i nôl ffurflen ac yna trodd i siarad Saesneg uchel-ael.

'Gentlemen, I'd just like to confirm the deceased's name and address. It's the final detail I need for the autopsy report.'

'Sylvia Roberts – Station Terrace, Holyhead,' dywedodd D.I. John.

Ysgrifennodd Dr Harlech y cyfeiriad yn frysiog mewn llawysgrifen flêr. Gwelodd D.I. John gyfle perffaith i faglu ei bennaeth.

'Chief Constable Grace dropped her off at her home just before she was found dead,' ychwanegodd.

Fflachiodd Grace olwg flin at D.I. John.

'So are you saying that you were with the deceased just before she died, Chief Constable Grace?' holodd Dr Harlech yn synhwyro'r tensiwn rhwng y ddau heddwas.

'Cywir, Dr Harlech. Y Prif Gwnstabl Grace oedd yr olaf i'w gweld hi'n fyw,' cadarnhaodd D.I. John, cyn i'w bennaeth gael cyfle i ddadlau.

'Then you are compromised, Chief Constable Grace. I must ask you to leave my autopsy. You have to leave because you could be a witness or be involved in some other way,' dywedodd Dr Harlech.

Trodd wyneb Grace yn galed fel pocer. Gwisgodd ei gap heddlu a cherdded ymaith mewn tymer. Fedrai D.I. John ddim peidio â gwenu'n gam wrth werthfawrogi'r eironi: pennaeth yr heddlu yn cael ei anfon o'r ystafell gan ddieithryn.

'I'll summarise then,' dywedodd Dr Harlech wrth chwipio'r gorchudd oddi ar y corff gwelw. Doedd dim urddas mewn marwolaeth. Pwyntiodd at ei gwddf a dechreuodd ei ddadansoddiad oer, gwyddonol.

'First thing I noticed was that the hyoid bone is fractured. Also, see how the cricoid cartilage is fractured – this suggests strangulation.'

'Ydach chi'n siŵr?' holodd D.I. John.

'Ydw. Edrychwch ar y cleisiau. You can see where the fingers squeezed the neck. Someone with powerful hands. And also take a look at this...'

Rhannodd y patholegydd ei gwallt a dangos lwmp ar gefn ei phen.

'This head injury was inflicted either by a blunt instrument or by her head being flung against a hard surface. The blow would have subdued her and then death was caused by manual strangulation. This is murder. Those are my findings.' Dangosodd Dr Harlech yr adroddiad i D.I. John.

Clywsant leisiau'n agosáu. Aeth D.I. John at y drws a gweld y Prif Gwnstabl Grace a'i hen ffrind Dr Gabbott yn brasgamu i lawr y coridor tuag atynt.

'Rhowch eich adroddiad i mi cyn iddyn nhw gyrraedd,' mynnodd D.I. John.

Yn yr eiliadau oedd ganddo'n weddill cyn i'r ddau gyrraedd, cipiodd D.I. John yr adroddiad o law Dr Harlech a mynd fel coblyn am yr allanfa dân yng nghefn yr ystafell.

'Cofiwch fi atyn nhw!' dywedodd gan adael Dr Harlech yn gegrwth.

Agorwyd y drws a daeth Grace a Dr Gabbott i mewn. Syllodd y ddau ar Dr Harlech yn syn.

'Lle mae D.I. John?' harthiodd Grace.

'Mae o wedi mynd drwy'r cefn,' dywedodd Dr Harlech gan nodio i gyfeiriad drws agored yr allanfa dân. Pwyntiodd Gabbott at gorff hen ŵr yng nghornel bellaf yr ystafell.

'Roeddech chi i fod i edrych ar y corff yna yn y gornel – nid ar gorff Sylvia Roberts,' eglurodd.

'A! Ymddiheuriadau,' dywedodd Dr Harlech. Mewn gwirionedd roedd yn gwybod yn iawn, ond roedd o wedi methu peidio. Ildiodd i demtasiwn ar ôl gweld y niwed amheus ar ei chorff.

'Ydach chi wedi gwneud adroddiad?' holodd Dr Gabbott.

'Do. Mae fy adroddiad gan D.I. John. Death by manual strangulation,' atebodd Dr Harlech.

'Dim byd o'r fath,' dywedodd y Prif Gwnstabl Grace.

'Crogi ei hun wnaeth hi. Olion rhaff sydd ar ei gwddf hi,' ychwanegodd Dr Gabbott a phwyntio at y corff.

'Os dach chi'n dweud,' dywedodd Dr Harlech gan godi ei ysgwyddau'n ddi-hid.

Pennod 35

Drannoeth roedd rhywun yn curo ar ddrws D.I. John yn ddigyfaddawd fel casglwr dyledion, curo cyflym a chaled fel petai brys mawr arno.

Edrychodd D.I. John ar y cloc. Saith y blydi bore ac yntau'n pendroni am ddiflaniad Nansi Riley dros damaid o frecwast. Yn ei ddŵr credai fod cysylltiad rhwng ei diflaniad hithau a llofruddiaeth Sylvia, ac efallai ei bod hi'n cuddio rhag y llofrudd. Eto, dywedai ei reddf wrtho fod Nansi'n ddiogel yn rhywle. Ac os felly, onid oedd hi'n well iddynt beidio ag edrych amdani? Efallai mai ei gadael hi i fod oedd y peth gorau a gobeithio fod rhywun yn ei chadw'n ddiogel yn rhywle. Ond doedd pwy bynnag oedd yn curo ar y drws ddim am adael llonydd iddo. Daeth y curo eto, yn galetach y tro hwn.

'Reit. Reit, dwi'n blydi dod,' gwaeddodd.

Yn y drws safai clamp o ddyn mawr boliog, ag wyneb coch a phen moel, sgleiniog.

'Chi ydy D.I. John?' holodd y dyn.

Sgwariodd D.I. John a chulhau ei lygaid wrth syllu ar y dyn diarth. 'Pwy sy'n gofyn?' holodd.

Caledodd wyneb y dyn.

'Peidiwch â chwara gêms. Chi ydy D.I. John, dwi'n cymryd?'

'Be dach chi isio?'

'D.S. Selwyn Pritchard, Heddlu Sir Gaernarfon. Dwi yma ar gais Heddlu Sir Fôn.'

'Cais i wneud beth?' holodd D.I. John.

Tynnodd D.S. Pritchard amlen o boced ei siwt, ei hagor a darllen y geiriau cyntaf.

'D.I. John, you are suspended from all duties... pending inquiry.'

Pasiodd y llythyr i D.I. John ac ychwanegu,

'Mae bob dim yn y llythyr. Bob dim yn swyddogol.'

'*Suspended* am be?' Dihangodd chwerthiniad bach o geg D.I. John, er y gwyddai mewn gwirionedd y gallasai'r rhestr o bosibiliadau fod yn un go faith. Dwyn arian o dŷ Sylvia? Prynu sigaréts ar y farchnad ddu... ymysg nifer o bosibiliadau eraill.

'It is an offence under the Emergency Powers Act to shelter an enemy alien. Ydach chi'n gwadu'ch bod chi wedi cuddio Eidalwr yn y tŷ yma?'

Edrychodd D.I. John arno'n syn. Yna chwarddodd mewn anghrediniaeth. O'r holl gwynion posib, doedd o ddim yn disgwyl cwyn am roi gwely dros dro i'r Eidalwr diniwed.

'O ia. Dach chi'n iawn. Mi fuo Benito Mussolini yn aros yma!'

Doedd y dyn tew o'i flaen ddim am wrando ar jôcs D.I. John am funud yn hwy.

'Dwi hefyd yma i nôl adroddiad patholegydd gasgloch chi ddoe – a dwi hefyd angen casglu eich *badge.*'

Cipiodd D.I. John y llythyr o'i law a'i rwygo'n ddarnau a'u lluchio fel conffeti dros ben y dyn.

'Mi oeddan nhw'n dweud eich bod chi'n dipyn o jocar,' dywedodd yntau wrth frwsio darn o bapur o'i ysgwydd.

'Reit, fel ro'n i'n dweud – dach chi'n *suspended from all duties. Badge* a'r adroddiad gymroch chi o'r ysbyty ddoe... RŴAN!' mynnodd D.S. Pritchard.

Dyma'r hyn roedd D.I. John yn hanner ei ddisgwyl. Eisiau adroddiad y patholegydd oedd hwn mewn gwirionedd – dyna oedd gwir bwrpas ei ymweliad.

'Un eiliad,' dywedodd. Aeth i'r gegin i nôl yr adroddiad o boced ei gôt. Cipiodd ei fathodyn o'r bwrdd a'u rhoi iddo'n ddi-lol.

'Ydach chi isio fy nhrowsus a fy nhrôns i hefyd?' holodd, yn cogio datod ei felt.

'Doniol iawn.'

Rhoddodd D.I. John glep galed i'r drws mewn tymer.

Yn nistawrwydd ei gartref dechreuodd hi wawrio arno fod ei fyd wedi troi ben i waered. Gwaith Grace oedd hyn i gyd. Ffordd ei bennaeth o'i dawelu. Roedd yr holl beth yn drewi o dwyll. Ysai am waed Grace a'r Seiri Rhyddion eraill a thybiai y medrai fod wedi eu lladd â'i ddyrnau noeth, mor rymus oedd yr atgasedd a ffrydiai drwyddo'r eiliad honno.

Pennod 36

Gorweddai D.I. John yn ei wely yn methu'n lân â chysgu wrth i ddigwyddiadau'r dydd droi a throsi yn ei ben. Cododd o'i wely a rhoi'r gorau i'r syniad o gysgu. Aeth at y ffenest ac edrych allan ar y stryd.

Yr unig sŵn i darfu ar y tawelwch oedd sŵn ci yn udo yn un o'r gerddi gerllaw. Roedd popeth yn dawel, yn rhy dawel bron. Taflai'r lleuad olau oeraidd, hudol dros y stryd ac adlewyrchai'r golau ar y barrug ar do tŷ Kate Jones a'i droi'n gyfan gwbl wyn. Edrychodd ar ei oriawr. Hanner awr wedi dau'r bore – amser annaearol.

Roedd ar fin mynd yn ôl i'w wely pan welodd symudiad ar y stryd islaw. Roedd rhywun yn nesáu. Yn y golau gwan adnabu D.I. John wyneb Nansi Riley.

Rhedodd i lawr y grisiau, gwisgo côt yn frysiog ac agor drws ei dŷ. Galwodd arni. Stopiodd Nansi yn y fan a'r lle. Wrth nesáu gwelodd yr olwg fregus arni.

'Diolch byth bo' chi'n saff. I ble dach chi'n mynd?' holodd D.I. John.

'I dŷ Kate Jones. Ella neith hi adael i mi aros.'

'Ble dach chi wedi bod?'

'Yn cuddio yn y goedwig. Doeddwn i ddim yn gwybod pwy i drystio ar ôl be ddigwyddodd.'

Cerddodd y ddau at ddrws cefn Kate Jones a chnociodd D.I. John yn ysgafn rhag deffro'r cymdogion. Ymhen hir a hwyr, daeth golau gwan ymlaen, sŵn cadwyn, ac yna ymddangosodd wyneb cysglyd Kate Jones.

Edrychodd D.I. John dros ei ysgwydd i wneud yn siŵr nad oedd neb yno'n eu gwylio. Roedd Nansi'n crynu fel deilen ac roedd golwg flinedig arni.

'Dewch i mewn eich dau,' dywedodd Kate yn dawel.

'Dach chi ddim yn flin?' holodd Nansi ar ôl dod i mewn i'r tŷ.

'Nacdw siŵr. Dwi mor falch o dy weld di. Mi wna i banad i ni i gyd.'

'Beth ddigwyddodd? Pam naethoch chi fynd i guddio, Nansi?' holodd D.I. John.

'Achos be na'th Dad. A'r dyn pen moel...'

'Y dyn pen moel?' gofynnodd D.I. John yn daer gan wybod, o'r disgrifiad cryno, beth fyddai ateb y ferch.

'Pennaeth y polîs.'

'Prif Gwnstabl Grace dach chi'n feddwl?'

'Ia. Y dyn ofnadwy yna. Mi oeddwn i'n cuddio mewn coeden uwchben cowt y fferm pan glywais gar yn nesáu. Yn y car roedd Grace a dynes wrth ei ochr. Daeth Dad allan o'r tŷ efo gwn a dechreuodd y ddynes sgrechian. Felly mi aeth Dad amdani fel bollt a gafael yn ei gwddf. Mi oedd o'n gweiddi'r un peth drosodd a throsodd – *where is it, where is it?* Mi driodd y ddynes ymladd yn ôl ond mi wthiodd Dad hi yn erbyn y car ac mi glywais ei phen hi'n taro'r car. Aeth hi'n llipa fel corff.'

'Beth oedd Grace yn wneud ynghanol hyn i gyd?' holodd D.I. John.

'Dim byd. Gwylio. Dim ond gwylio. Ar ôl i gorff y ddynes fynd yn llipa aeth Grace i banig a dechrau sôn am alw doctor.'

'Be ddigwyddodd wedyn?'

'Rhoi'r ddynes ym mŵt y car ac wedyn mi yrron nhw i ffwrdd. Mi redais i allan a mynd ar draws gwlad i Rosneigr.'

Edrychodd D.I. John ar y cloc. Tri o'r gloch y bore.

'Reit. Arhoswch yma, Nansi. Cuddiwch. Peidiwch ag agor y drws i neb. Peidiwch â trystio neb. Mi fydda i'n ôl cyn y wawr,' dywedodd D.I. John wrth adael.

* * *

Llusgodd John Riley ei hun o'i wely. Roedd y sŵn wedi ei ddeffro o'i drwmgwsg. Roedd 'na rywun yn y tŷ. Edrychodd rownd y landin, yn barod am unrhyw un a ddeuai ato o'r tywyllwch, ond doedd neb i'w weld.

'Pwy sy 'na?' gwaeddodd. Atebodd neb. Rhuthrodd i lawr y grisiau a chynnau'r golau'n sydyn gan baratoi i amddiffyn ei hun, ond doedd dim byd yno. Gwelodd ffon gerdded gerllaw; aeth draw a gafael ynddi. Ai sŵn y gwynt oedd wedi ei ddeffro neu oedd ganddo ladron yn y tŷ? Dechreuodd wthio drysau'r ystafelloedd a rhoi'r golau ymlaen ymhob un.

Yna daeth at ddrws y gegin. Defnyddiodd ei ffon i wthio'r drws yn gilagored ac i gynnau'r golau. Rhythodd i mewn. Gwag. Ymlaciodd. Bodlonodd ar y syniad mai aderyn neu lygoden neu rywbeth tebyg oedd wedi ei ddeffro. Wrth gamu i mewn i'r gegin y peth cyntaf a welodd drwy gornel ei lygad oedd y drws yn cau y tu ôl iddo.

Symudodd D.I. John yn gyflym o'r tu ôl i'r drws a phlannu dwrn yng nghanol wyneb John Riley. Pistyllodd y gwaed o'i drwyn yn syth a newid lliw ei grys nos o wyn i goch mewn chwinciad. Collodd afael yn y ffon a dechreuodd luchio dyrnau'n wyllt fel melin wynt.

Gwarchododd D.I. John ei wyneb rhag y dyrnau digyfeiriad. Arhosodd am gyfle i estyn un dwrn arall cywir a chydnerth.

Ond, fel bocsiwr pwysau trwm, gwrthodai John Riley ildio. Daliodd i luchio dyrnau dyn meddw i bob cyfeiriad.

Wrth iddo flino gwelodd D.I. John ei gyfle. Gydag un dwrn nerthol lloriodd John Riley. Yna gafaelodd ynddo gerfydd ei wallt a'i godi.

'Pam 'nest ti ladd Sylvia?' gwaeddodd John. 'Beth oedd hi'n guddio? Siarada, neu ddei di ddim allan o hyn yn fyw, y bastard tew!'

''Nes i ddim. Wir Dduw!' crefodd, drwy lond ceg o waed.

Slamiodd D.I. John ei wyneb yn erbyn y wal ac yna gwasgodd ei wddf i atal ei anadl.

'Beth oedd hi'n guddio rhagddot ti? Cyfle ola cyn i ti dynnu dy anadl ola,' gwaeddodd yn ei wyneb.

Ysgydwodd John Riley ei ben yn wyllt, ei gorff yn llipa a'i lygaid yn dyfrio mewn poen.

Wrth weld lliw ei wedd yn newid, gollyngodd D.I. John ei afael ynddo. Syrthiodd fel sach o datw i'r llawr.

Aeth D.I. John at y dreser mawr lle cadwai'r rhan fwyaf o ffermwyr yr ardal eu gynnau hela. Cipiodd gadair a sefyll arni er mwyn estyn i dop y dreser. Teimlodd haearn oer gwn *twelve-bore* yn ei law a bocs o getris.

Dechreuodd John Riley ddod ato'i hun ond anwybyddodd D.I. John o'n llwyr. Roedd ganddo fwy o ddiddordeb mewn llwytho'r gwn. Ond roedd hynny'n gamgymeriad. Petai o wedi edrych mi fyddai'n sicr wedi gweld John Riley yn codi ac yn sleifio tuag ato. Welodd D.I. John mohono nes ei fod yn hyrddio tuag ato â'i holl nerth, nes ei yrru i ganol y dreser a chwalu'r llestri'n deilchion i bob cyfeiriad.

Syrthiodd y ddau yn dwmpath i'r llawr a dringodd Riley ar ben y plismon a dechrau ei ddyrnu'n afreolus. Llwyddodd D.I. John i osgoi'r rhan fwyaf o'r ergydion ond fe laniodd un yn grwn ar ei drwyn. Saethodd y boen drwyddo fel cyllell. Ceisiodd wthio'r ymosodwr i ffwrdd ond yn ofer – roedd y pwysau'n ormod. Aeth ceg John Riley at benglog D.I. John a chnoi ei glust. Griddfanodd D.I. John mewn poen wrth i'r dannedd suddo a rhwygo cnawd llabed ei glust yn rhydd.

Daeth y nerth o rywle i daro un ergyd nerthol arall ar drwyn John Riley. Clywodd glec fel sŵn brigyn yn torri. Syrthiodd John Riley yn ôl yn ddiymadferth – roedd y ffeit wedi mynd ohono'n llwyr y tro hwn.

Aeth llaw D.I. John am wddf John Riley. Gwasgodd ei beipen wynt.

'Os wyt ti'n brifo Nansi eto, mi fydda i'n torri dy geilliau di ffwrdd a'u stwffio nhw i lawr dy gorn gwddw di.'

Trodd wyneb John Riley'n borffor; rhyddhaodd D.I. John ei afael arno.

Cododd yn araf. Roedd ei glusten chwith wedi diflannu i lawr corn gwddf John Riley. Damia! Aeth hwnna ddim yn ôl y plan, meddyliodd wrth estyn cadach o'r gegin i atal llif y gwaed.

✳ ✳ ✳

Agorodd Kate Jones ddrws y cefn ar ôl clywed cnoc D.I. John. Fe'i brawychwyd o'i weld yn sefyll yno a'i wyneb yn llawn gwaed. Aeth Kate i nôl padell o ddŵr a thynnu cadair o'i flaen er mwyn glanhau ei glwyf gyda chadach, gan adael i'r hylif lifo'n ôl i'r badell a chymylu'r dŵr yn waedlyd. Roedd ei glust yn dal i waedu fel mochyn.

'Ydy o'n boenus?'

Gwenodd D.I. John fel petai menyn ddim yn toddi yn ei geg.

'Na. Dim ond crafiad.'

Edrychodd Kate ar y stwmp lle bu llabed ei glust.

'Dim crafiad ydy hwn, D.I. John. Mae angen pwytha

arnoch chi. Dyna pam dach chi'n dal i waedu. Dach chi am i mi alw'r doctor?'

'Does dim pwynt rhoi pwythau. Does 'na ddim byd i'w wnïo'n ôl,' dywedodd, gan ddychmygu talp o'i glust yn nofio yn stumog fawr John Riley.

Ceisiodd godi ond roedd ei goesau fel petaen nhw'n perthyn i ddyn chwil gaib.

'Gorffwyswch, D.I. John. Dach chi wedi cael niwed go fawr. Mi fyddwch chi'n well erbyn y bore. Cymrwch y rhain.'

Yn ei llaw daliai Kate dabledi i ladd poen. Ufuddhaodd D.I. John a llyncu'r tabledi.

Ymhen ychydig funudau daeth ton o flinder drosto. Caeodd ei lygaid. Yn y distawrwydd clywai sŵn y môr yn y pellter. Dychmygodd ei oglau, ei flas hallt ar ei wefusau. Teimlai'r tonnau'n lapio ei gorff yn ysgafn wrth iddo syrthio i gysgu.

Pennod 37

Roedd D.S. Selwyn Pritchard o Heddlu Sir Gaernarfon yn hynod falch ohono'i hun ar ôl cael y llaw uchaf ar D.I. John. Rhoddwyd y dasg iddo gan y Prif Gwnstabl Grace yn bersonol. Cymerai bleser o wahardd heddweision o'u swyddi a gwnaeth hynny droeon dros y blynyddoedd. Y pleser mwyaf oedd rhoi'r maferic D.I. John yn ei le. Roedd hynny'n bluen hynod liwgar yn ei gap.

Cyn cnocio ar ddrws y Prif Gwnstabl Grace, edrychodd ar fathodyn D.I. John yn ei law a theimlodd ei boced am adroddiad y patholegydd. Oedd, roedd y ddau beth ganddo'n ddiogel. Cnociodd – roedd hi'n amser adrodd yn ôl am ei lwyddiant ysgubol.

'A! D.S. Pritchard. Dewch i mewn. Sut aeth hi?'

Yn yr ystafell gyda'r Prif Gwnstabl Grace eisteddai Dr Gabbott, y patholegydd o Fangor. Yn lle ateb cwestiwn y Prif Gwnstabl daliodd fathodyn D.I. John o'i flaen fel tlws.

'Beth am yr adroddiad?' holodd Dr Gabbott.

Pwyllodd D.S. Pritchard am eiliad neu ddwy cyn ateb.

'Yn anffodus roedd o'n gyndyn i roi'r adroddiad i mi,' dywedodd, ei wên yn troi'n siom.

Syrthiodd wep y ddau o glywed hyn. Rhegodd Gabbott

dan ei wynt a phlannu ei ben yn ei ddwylo, a sythodd Grace fel pocer.

Gan nad oedd D.S. Pritchard yn disgwyl y fath ymateb i'w jôc, aeth i'w boced yn syth ac estyn yr adroddiad.

'Ond mi gytunodd ar ôl i mi ddwyn perswâd arno!'

Cipiodd Dr Gabbott y papur o'i law a gosod sbectol ddarllen yn frysiog ar ei drwyn. Ar ôl darllen prif gasgliadau'r adroddiad gollyngodd Gabbott ochenaid o ryddhad. Nodiodd i gyfeiriad Grace yn fodlon.

'Da iawn, D.S. Pritchard. Diolch am eich gwaith trylwyr,' dywedodd Grace.

'Unrhyw bryd, Syr. Dwi'n gwybod yn iawn sut i ddelio efo D.I. John a'i deip.'

Gwyddai D.S. Pritchard y gallasai gwaharddiad D.I. John agor drysau iddo. Dyrchafiad. Pwy a ŵyr? Cyfle newydd dros y dŵr yn Ynys Môn efallai? Roedd o'n hoffi'r syniad o fod yn D.I. Pritchard.

'Un funud...' torrodd Gabbott ar eu traws.

'Dyma'r *top copy*. Ble mae'r gweddill? Ble mae'r *bottom copy*?'

Yn ôl y drefn arferol wrth ysgrifennu adroddiadau fel hyn, byddai Gabbott a'i griw yn defnyddio papur carbon o dan bob ffurflen er mwyn creu copi ar gyfer y ffeil. Un i'r heddlu ac un i'w gadw. Syllodd Gabbott arno'n gegrwth. Roedd D.I. John wedi cadw'r copi a doedd dim syndod felly ei fod wedi rhoi'r adroddiad iddo'n gymharol ddidrafferth.

'D.S. Pritchard? Ble mae'r copi?' holodd Grace.

Cochodd wyneb D.S. Pritchard.

'Doeddwn i ddim yn deall y drefn. Ymddiheuriadau. Mi 'na i fynd yn ôl.'

Cododd Grace ar ei draed a mynd at y drws yn frysiog.

'Na. Does dim pwynt. Mi fydd o wedi hen fynd.'

Clapiodd ei ddwylo'n uchel a chyhoeddi cyfarfod brys.

Wrth i'r heddweision ymgynnull gellid teimlo'r tensiwn yn yr awyr, fel y munudau cyn storm. Ers i Grace gyhoeddi bod D.I. John wedi cael ei ddiarddel roedd pawb ar bigau drain, a'r lle fel petai'n hel stêm a phawb yn aros i rywbeth ddigwydd.

'Comitio *suicide* ar ôl colli ei swydd. Dyna na'th Sylvia Roberts,' cyhoeddodd Grace gan edrych ar wynebau'r heddweision am ymateb. Syllai pob un ohonynt yn ôl arno'n ddifynegiant heblaw am Gwen Parry. Roedd ei thalcen hithau wedi crychu fel petai ganddi rywbeth mawr ar ei meddwl.

'Ia, Gwen? Oes ganddoch chi rywbeth i'w ddweud?' holodd Grace.

Siglodd hithau ei phen er gwaethaf yr olwg ddryslyd oedd arni.

'Y mater arall ydy D.I. John. Mae o'n *suspended from all duties* – ac mae 'na *arrest warrant* amdano. Mi ymosododd yn giaidd ar John Riley. Felly, y flaenoriaeth rŵan ydy ei ddal.'

Gyrrodd hynny don o anniddigrwydd drwy'r criw o'i flaen gan fod drwgdeimlad mawr tuag at John Riley. Buasai pob un ohonynt wedi rhoi dwrn neu gic iddo petai'r cyfle wedi codi. Caledodd wyneb y Prif Gwnstabl Grace ar ôl synhwyro'r gefnogaeth i D.I. John. Cododd ei lais yn uwch.

'Gan fod D.I. John wedi dwyn *shotgun* dwi'n eich awdurdodi chi i gario pistol. Ac os ydy D.I. John yn gwrthod ildio... Wel... Gwnewch be sy raid. Saethwch – cyn cael eich saethu.'

Wrth glywed sôn am arfogi aeth ton arall o anniddigrwydd drwyddynt. Doedd heddlu'r ynys ddim wedi cario gynnau ers blynyddoedd maith.

'Ond Syr, mae'r hen bistolau Webley yn perthyn i oes yr arth a'r blaidd,' dywedodd P.C. Prydderch, y mwyaf profiadol o'r criw. Nodiodd yr heddweision eraill yn gytûn. Roedd gan P.C. Prydderch bwynt digon dilys gan fod y pistolau hyn yn hen ac wedi bod yn hel llwch mewn cwpwrdd.

Doedd yr un ohonynt yn awyddus i wynebu D.I. John

chwaith – yn enwedig os oedd ganddo wn *twelve-bore* a llond poced o getris yn ei feddiant.

'Beth am ofyn am help yr armi? Mae 'na ddigon o sowldiwrs ar yr ynys,' awgrymodd un arall.

'Na. Mater i Heddlu Sir Fôn ydy hyn. Does dim byd yn bod ar y pistolau. Rhowch ychydig o olew arnynt! Cerwch allan a ffeindiwch o!' atebodd Grace, gan weiddi'r tro hwn.

Wrth i'r heddweision adael yr ystafell, galwodd y Prif Gwnstabl Grace ar Gwen Parry i ddod ato.

'Gan eich bod chi wedi bod on diwti efo D.I. John ac wedi mynd yn weddol agos ato, chewch chi ddim mynd allan i chwilio. Arhoswch yma yn y swyddfa. Gweinyddu, ateb y ffôn a ffeilio – dyna fyddwch chi'n ei wneud o hyn allan. Clir?'

'Clir, Syr,' dywedodd Gwen yn siomedig ufudd.

Pennod 38

Sleifiodd D.I. John allan o dŷ Kate drwy'r cefn a mynd at ei gartref ei hun gyferbyn. Roedd ei glust yn boenus a'r croen lle bu llabed ei glust wedi chwyddo'n llanast blêr o gnawd amrwd.

Wrth nesáu at ddrws cefn ei gartref chwiliodd am ei oriadau. Estynnodd nhw o'i boced a rhewi ar ôl clywed sŵn lleisiau yn dod o'i dŷ. Safodd yn stond a'i galon yn curo'n galed. Clustfeiniodd. Ceisiodd ddilyn y sgwrs, ond yn ofer. Chwilio am adroddiad y patholegydd yr oedd y rhain heb os, ond cymerodd gysur o'r ffaith fod yr adroddiad yn ddiogel yn ei boced.

Nesaodd at ffenest y gegin a sbecian i mewn. Clywodd leisiau yn dod o'r lolfa ym mlaen y tŷ. Safodd yno'n hir, a'i holl feddyliau'n troi a throi yn ei ben. Yna clywodd sŵn rhywbeth yn chwalu. Yn reddfol, roedd arno awydd rhedeg i mewn a dechrau dyrnu. Yna, tawelodd y lleisiau'n sydyn, fel petaent wedi ei glywed. Clywodd sŵn cyfarwydd cerddediad esgidiau heddwas ar lawr llechen y gegin.

Camodd D.I. John yn ôl o'r drws. Teimlodd ym mhoced ei gôt hir am y gwn *twelve-bore* a chanfod fod ei boced yn wag. Cofiodd ei fod wedi gadael ei wn yn nhŷ Kate. Roedd yn rhaid iddo gilio. Doedd ei gartref ei hun ddim yn ddiogel mwyach.

Pennod 39

Safai'r tŷ mawr rhodresgar ym Maeshyfryd Road, Caergybi fel testament balch i yrfa lwyddiannus y Prif Gwnstabl Grace. Ond dylai'r tŷ moethus a'r Jaguar crand fod y tu hwnt i gyflog yr heddwas mewn gwirionedd. Bu Grace ar sawl gwyliau drud hefyd a phopeth wedi ei dalu gan John Riley.

Heno, roedd Grace wedi gwahodd ei gyd-gynllwynwyr i gyfarfod brys. O flaen tanllwyth o dân yn yr ystafell fawr, roedd Grace, Lloyd Jones y cyfreithiwr a Gabbott y patholegydd. Ond pan gyrhaeddodd John Riley, tynnodd y tri arall anadl ddofn ar ôl gweld cyflwr ei wyneb yn dilyn ymosodiad D.I. John. Roedd ei drwyn ar dro a'i wyneb yn gleisiau du las.

'Sbïwch be na'th o. Mae o wedi dwyn fy *twelve-bore* i hefyd,' dywedodd.

Mewn gwirionedd roedd y tri arall yn ei chael yn anodd cydymdeimlo gan mai John Riley oedd yn gwneud y bwlio fel arfer.

'Peidiwch â phoeni. Mae 'na warant allan am ei arést yn dilyn yr ymosodiad. 'Dan ni'n brysur yn chwilio pob twll a chornel amdano,' dywedodd Grace yn hyderus gan estyn potel o wisgi.

Roedd tensiwn yn y tawelwch a syrthiodd yn drwchus

drostynt wrth i Grace fynd o un i'r llall yn arllwys y wisgi'n dawel, fel pregethwr yn gweini'r cymun.

'Mi allaf eich sicrhau chi ein bod ni'n gwneud popeth posib. Mi fydd y rhwyd yn cau am D.I. John yn fuan iawn,' meddai. Rhag ofn iddo geisio dianc o'r ynys roedd Grace wedi rhoi gorchymyn i heddweision Ynys Môn wylio'r porthladd yng Nghaergybi yn ogystal â'r gorsafoedd rheilffordd.

'Mae hyd yn oed yr Home Guard sy'n gwylio Pont y Borth wedi cael ordors i edrych allan amdano,' ychwanegodd wrth ail-lenwi'r gwydrau.

'Ond mae gan D.I. John adroddiad patholegydd sy'n dweud fod Sylvia wedi cael ei mwrdro,' dywedodd Lloyd Jones gan dorri ar draws araith hyderus y Prif Gwnstabl Grace.

Rhoddodd John Riley glec i'w ddiod a throi at Lloyd Jones. Pwyntiodd fys cyhuddgar a phoeri ei eiriau ato.

'Blydi bai chdi ydy hyn i gyd, Lloyd. Bai chdi – pam oedd rhaid i chdi sacio'r ddynes yna?'

Er ei fod yn fach ei gorff sgwariodd Lloyd Jones o'i flaen a ffrwydro.

'Pam oedd rhaid i chdi ei blydi lladd hi?'

Yn ei dymer lluchiodd John Riley yfflon o ddwrn ato, dwrn oedd yn ddigon caled i lorio docar petai o wedi glanio. Yn ffodus i Lloyd Jones, fe welodd o'n dod, a symudodd mewn pryd.

'Stopiwch hi!' gwaeddodd Grace a chamu rhyngddynt.

Dechreuodd y ddau fygwth ei gilydd dros ysgwydd Grace.

'Wrth dagu'r ddynes yna, mae o wedi ein gwneud ni i gyd yn *accessory to murder*,' protestiodd Lloyd Jones.

Camodd Gabbott ymlaen a cheisio helpu Grace i dawelu'r dyfroedd.

'Mae fy adroddiad i yn dweud *suicide*. Dyna'r sefyllfa swyddogol. Mi fydd popeth yn iawn.'

Er bod Gabbott yn siarad synnwyr siglodd Grace ei ben. Roedd ganddynt un broblem fawr arall, sef Nansi Riley.

'Mae'n rhaid bod Nansi wedi gweld yr ymosodiad ar Sylvia, ac wedi mynd i guddio. Dyna dwi'n ei amau,' dywedodd Grace.

'Os felly, mae'n rhaid i ni ffeindio Nansi cyn i rywun arall wneud a siarad sens efo hi,' atebodd Gabbott.

'Ia. Ei ffeindio hi a chau ei blydi cheg hi,' ychwanegodd John Riley, ei lais yn caledu.

Anesmwythodd Grace wrth glywed ei dôn fygythiol. Fflachiodd ei feddwl yn ôl at y foment yr aeth dwylo enfawr John Riley am wddf eiddil Sylvia Roberts a thagu'r bywyd ohoni. Cafodd Grace y teimlad ei fod o'n ddigon gwallgof i wneud yr un peth i'w ferch ei hun.

'Efallai fod D.I. John yn ei chuddio hi?' awgrymodd Gabbott.

Mewn panic torrodd Lloyd Jones ar ei draws.

'Beth os ydy D.I. John yn gwybod ein cyfeiriadau cartref ni? Beth os daw o ar ein hôl ni?'

Synhwyrodd y tri arall dinc o anobaith yn llais y cyfreithiwr.

'Twt lol, na neith,' atebodd Grace. 'Mi fyddwch chi'n iawn. Mi ddown ni o hyd iddo fo a Nansi hefyd cyn hir. Mae yna heddweision ym mhobman gan gynnwys y tu allan i'ch cartrefi chi.'

Aeth Grace draw at y ffenest i bendroni. Anesmwythodd am eiliad wrth weld ei wyneb euog ei hun yn adlewyrchiad y gwydr. Roedd pethau wedi mynd dros ben llestri. Dim ond dychryn Sylvia Roberts roedd John Riley i fod i'w wneud. Dyna pam y gyrrodd hi yno yn ei gar. Codi ofn arni. Cau ei cheg hi. Ond yn lle hynny mi gollodd Riley bob rheolaeth arno'i hun a'i thagu yn y fan a'r lle. Roedd y cyfan drosodd mewn eiliadau.

O ran y gyfraith, gwyddai Grace ei fod o'n *accomplice to murder* yn hytrach nag *accessory to murder* – llawer gwaeth:

carchar am amser hir, colli swydd a chywilydd cymdeithasol a theuluol. Chwalfa!

Gan fod cymaint yn y fantol, roedd wedi defnyddio ei holl rym fel heddwas i geisio rheoli'r sefyllfa, ond roedd rhaid i'w gyd-gynllwynwyr ganu o'r un llyfr emynau.

'Reit. Mae'n rhaid i ni gadw ein pennau,' meddai. 'Os oes rhywun yn eich cyhuddo o unrhyw beth, gwadwch bopeth. Dach chi'n gwybod dim byd. Dim ots beth maen nhw'n ei fygwth.'

Nodiodd pawb yn gytûn, heblaw am Lloyd Jones. Roedd o'n ysgwyd ei ben fel dyn mewn gwir benbleth.

'Sut ddaeth hi i hyn?' dywedodd, bron yn ddagreuol.

'Mae hi'n rhy hwyr i ddweud nonsens gwirion fel yna. Mae'n rhaid sticio at y stori,' mynnodd Grace. 'Wyt ti'n deall, Lloyd?'

Caledodd wynebau'r tri arall gan wybod nad oedd cadwyn ond cyn gryfed â'i dolen wannaf.

Am eiliad, credai Lloyd Jones iddo weld rhywbeth yn symud yn yr ardd. Rhedodd at y ffenest a syllu allan.

'Mae rhywun yna!'

Aeth Grace i sefyll wrth ei ochr. Doedd yr un enaid byw yno, dim ond sŵn y gwynt yn troi ei ddicter at ganghennau'r coed.

'Does neb yna,' dywedodd Grace yn dawel a rhoi llaw dadol ar ysgwydd y cyfreithiwr.

'Felly, wyt ti'n gytûn, Lloyd – i wadu popeth? Cadw at y stori, dim ots be ddaw?'

'Iawn,' ildiodd Lloyd Jones, ei lais yn wan a blinedig.

Pennod 40

Roedd storm ar y ffordd – gallai Lloyd Jones ei blasu hi yn yr awyr. Cododd y gwynt a daeth y glaw i lawr fel ton. Fel arfer, ac yntau'n glyd a chyfforddus yn ei gartref doedd dim byd mwy cynhyrfus nag agor y ffenest led y pen a gwylio'r mellt, gwrando ar sŵn y taranau a chlywed y glaw yn stido'r to. Ond heno, doedd dim mwynhad yn y profiad. Yn lle teimlo'n ddiogel yn ei gartref, teimlai'n fregus ac unig. Er gwaethaf geiriau o gysur ei ffrind Grace, roedd D.I. John allan yn y tywyllwch yn rhywle.

Aeth at y ffenest ac edrych ar y stryd islaw. Daeth taran i rwygo'r awyr mewn tymer.

Roedd car heddlu mawr du wedi ei barcio gyferbyn. Oedd, roedd hyn yn gysur mawr iddo; gwybod o leiaf fod rhywun yno i'w warchod. Roedd Grace wedi trefnu y byddai yna ddau heddwas yn cadw golwg drosto tra byddai D.I. John yn dal yn rhydd.

Wedi awr arall o wylio'r storm, ildiodd Lloyd Jones i'w flinder ac ymhen llai na munud wedi iddo roi ei ben ar y gobennydd roedd o'n cysgu. Nid trwmgwsg, ond cyflwr rhwng cwsg ac effro lle roedd pob math o bethau'n rasio trwy ei feddwl. Wedi awr arall o droi a throsi, llithrodd i drwmgwsg difreuddwyd.

Yn yr oriau mân, deffrodd yn ddisymwth. Synhwyrodd fod rhywun yn yr ystafell. Agorodd ei lygaid a cheisio gweld yn y tywyllwch. Dim ond siapiau a welai yng ngolau gwan y lleuad. Yna, setlodd ei lygaid ar y siâp o'i flaen. Collodd ei galon guriad pan welodd mai siâp dyn oedd yno – dyn cydnerth ei gorff yn eistedd ar erchwyn ei wely.

Parlyswyd Lloyd Jones gan ofn. Cyn iddo gael cyfle i weiddi am help, lluchiodd y dieithryn chwip o ddwrn a'i daro'n anymwybodol.

Daeth ato'i hun yn methu dirnad am ba hyd y bu'n anymwybodol. Roedd ei ymosodwr wedi ei osod i eistedd mewn cadair. Yn y golau gwan, closiodd y dieithryn ato a gwelodd Lloyd Jones wyneb cyfarwydd D.I. John; roedd gwn yn ei law. Roedd o wedi llifio baril y *twelve-bore* yn stwmpyn byr fel bod modd ei gario'n rhwydd ym mhoced ei gôt. Gwthiodd flaen y gwn o dan asennau Lloyd Jones.

'Mi neith hwn yfflon o lanast o dy berfedd di. Wedyn mi gymrith awr neu ddwy i ti farw. A fydd 'na ddim morffin i leddfu dy boen.'

Chwarddodd Lloyd Jones fel petai'n methu credu ei glustiau. Yna dechreuodd grynu gan ofn. Daeth yr atal dweud fu'n felltith yn ystod ei fachgendod yn ôl iddo.

'Sut ddaethoch chi i mewn i'r tŷ? Dw...dw...dw...dw...dwi wedi g...g... g...gwneud dim byd yn rong.'

Rhoddodd D.I. John ei fys at wefus Lloyd Jones i dawelu ei brotest. 'Safia dy nerth. Mi glymais y ddau jocar o heddwas yna oedd yn dy warchod gyda'u *handcuffs* eu hunain. Dwi angen gwybod un peth, Lloyd. Beth oedd Sylvia'n ei guddio rhag John Riley? Beth oedd y gyfrinach?'

Pan na ddaeth ateb, gwthiodd flaen y gwn yn galetach i'w berfedd.

'E...e...e...e...ewyllys munud olaf Harri Lewis. Mi oedd

am adael bob dim i Nansi,' dywedodd Lloyd Jones, ei wyneb yn welw gan ofn.

'Twyll oedd cuddio'r ewyllys! *Fraud*!' dywedodd D.I. John.

Ysgydwodd Lloyd Jones ei ben.

'Na. Doedd Harri ddim yn iawn yn ei ben yn y diwedd. Nonsens dyn gwallgo. Mae hyn yn digwydd weithia – pobol yn gwneud pethau gwirion tua'r d...d...d...diwedd.'

Tro D.I. John oedd hi i siglo'i ben.

'O be dwi'n gofio, roedd meddwl Harri'n glir fel grisial tan y diwedd. Felly ble mae'r ewyllys? Cyfle ola!' mynnodd, gan wthio baril y gwn yn galetach fyth.

'Yn gudd yn rhywle. M...m...m...mi oedd hi'n gwrthod dweud.'

Tynnodd D.I. John y gwn o'i fol ac estyn cyffion o'i boced i glymu Lloyd Jones at y gwely. Gwthiodd hances i'w geg rhag iddo alw am help.

'Mi gei di a dy ffrindiau ddioddef am hyn,' dywedodd yn ei glust cyn sleifio allan o'r tŷ.

Pennod 41

Gyrrodd D.I. John i gyfeiriad Station Terrace a pharcio mewn stryd gerllaw rhag deffro cymdogion Sylvia.

Roedd Station Terrace yn dawel fel y bedd a thrwy ryw wyrth roedd goriad y drws yn dal o dan y mat. Gadawodd ei hun i mewn i'r tŷ gwag. Doedd neb wedi bod yno i dacluso'r blerwch.

Gyda fflachlamp yn ei law, cerddodd o gwmpas y tŷ gan graffu i bob twll a chornel. Roedd hi'n amlwg fod Lloyd Jones a'i ffrindiau wedi troi'r lle ben i waered wrth chwilio am yr ewyllys ac wedi gadael yn waglaw.

Sylwodd D.I. John eto ar y gwaith llaw cain o gwmpas y tŷ. Roedd patrymau wedi eu crosio ar gefn pob cadair a sawl clustog wedi ei gwnïo'n gelfydd. Gan ei bod hi mor dda efo'i dwylo, tybed oedd Sylvia wedi gweu'r ewyllys i mewn i un o'r clustogau?

Cododd D.I. John y glustog agosaf. Cydiodd yn ei gyllell boced a'i phlannu ynddi. Rhwygodd y defnydd a thynnodd y stwffin allan fel petai'n pluo iâr. Aeth o gwmpas yr ystafell yn gwneud yr un peth i'r gweddill.

Chwalodd y glustog olaf a'i chanfod yn wag. Disgynnodd yn swp rhwystredig i gadair wrth y ffenest. Roedd Sylvia Roberts wedi cuddio'r ewyllys yn rhywle; ond ymhle? Edrychodd allan ar y stryd dywyll.

Wrth ei draed, sylwodd fod hem hir ar waelod llenni'r ffenest. Cododd y llen agosaf a theimlo ar hyd ei gwaelod. Hanner ffordd ar hyd yr hem teimlodd rywbeth. Plannodd flaen y gyllell yn y defnydd a'i hollti. Tynnodd ddarn papur allan a'i ddarllen yng ngolau gwan ei dortsh.

Last Will and Testament of Harri Lewis gyda llofnod Sylvia.

'Bingo,' dywedodd dan ei wynt.

Pennod 42

Taniodd Grace sigâr ac arllwys brandi iddo'i hun. Llifai afon o feddyliau trwy ei ben.

Edrychodd allan trwy ffenest yr ystafell a chael cysur o weld car heddlu mawr a dau heddwas cyhyrog ynddo; dau o'i ddynion mwyaf profiadol. Roedd gwybod fod pistol yr un ganddynt yn rhyw fath o galondid. Nesaf at y car heddlu, roedd Grace wedi parcio ci Jaguar coch *open top*.

Llowciodd ei frandi a thywallt un arall i'r gwydr mawr yn ei law. Cynhesodd y brandi ei du mewn a'i lenwi â'r teimlad bodlon fod popeth dan reolaeth. Fydden nhw fawr o dro cyn dal D.I. John. Roedd y swyddfa yng Nghaergybi yn llawer gwell lle hebddo. Roedd D.I. John yn ddylanwad drwg. Hen ddiawl anufudd, gwrthsefydliad, fyddai wastad yn tynnu'n groes.

Yn ôl adroddiad Dr Gabbott, lladd ei hun wnaeth Sylvia Roberts. Roedd hynny'n swyddogol. Felly gorau po gyntaf y câi ei chladdu, meddyliodd Grace.

Pan edrychodd allan i'r stryd yr eildro, collodd ei galon guriad a bu'n rhaid iddo edrych eto. Ai'r brandi oedd yn chwarae triciau â'i feddwl? Ond na, roedd o'n iawn y tro cyntaf. Roedd y ddau heddwas wedi camu allan o'r car ac yn dal eu dwylo uwch eu pennau.

Gwibiodd ei lygaid i bob cyfeiriad i geisio gweld beth oedd yn digwydd, a bu bron iddo dagu ar fwg ei sigâr pan welodd D.I. John yn cerdded allan o'r cysgodion gyda gwn yn ei law. Edrychodd arno'n cerdded i gyfeiriad y Jaguar coch. Syrthiodd sigâr Grace allan o'i geg mewn sioc o weld bod gan D.I. John gan petrol yn ei law arall. Syllodd yn gegrwth ar yr olygfa a dechreuodd y sigâr fudlosgi yn nefnydd gwlanog y carped.

Pwniodd D.I. John un o ffenestri'r car gyda'r gwn a'i chwalu'n deilchion. Yna arllwysodd bob diferyn o'r petrol dros y seddi lledr. Camodd yn ôl a syllu ar Grace yn y ffenest. Parlyswyd yntau, a phob cyhyr yn ei gorff wedi rhewi'n gorn wrth iddo wylio'r hunllef. Tynnodd D.I. John ar ei sigarét. Chwythodd gwmwl o fwg ac yna ffliciodd y sigarét drwy'r ffenest. Chwipiodd y fflamau tu mewn i'r car a chreu pelen dân amdano.

Ar ôl edmygu ei waith am ychydig eiliadau, taniodd D.I. John ei wn at un o olwynion y car heddlu er mwyn sicrhau nad oedd modd iddynt ei ddilyn. Gyrrodd i ffwrdd yn yr Austin 7 roedd o wedi'i barcio gerllaw fel petai dim byd neilltuol wedi digwydd.

Pennod 43

Yng nghartref Kate, griddfanodd D.I. John mewn poen. Edrychodd Nansi hithau mewn braw ar y glust heintus oedd wedi chwyddo'n borffor. Rhwbiodd Kate eli ar ei glust i geisio lleddfu'r boen.

'Dach chi angen mynd i weld doctor efo hwn.'

'Sut fedra i? Mae'r heddlu fel chwain o gwmpas y lle.'

'Pam eu bod nhw mor benderfynol o'ch dal chi?' holodd Nansi.

Aeth D.I. John i'w boced ac estyn ewyllys Harri Lewis iddi.

Tynnodd Nansi anadl ddofn ar ôl gweld ei bod wedi cael ei henwi fel gwir etifedd ystad ei thaid. Trodd ei hwyneb yn welw wrth feddwl am yr arian oedd wedi ei wario a'r tiroedd roedd ei thad wedi'u gwerthu'n barod.

'Mae 'na fwy,' dywedodd D.I. John. Aeth i'w boced eto ac estyn adroddiad y patholegydd a soniai am lofruddiaeth.

'Rhwng yr adroddiad yma a thystiolaeth Nansi, mae 'na ddigon i ddedfrydu John Riley, Grace a'r gweddill am oes – neu hyd yn oed i roi rhaff am eu gyddfau.'

Culhaodd llygaid Nansi. Er bod John Riley yn dad iddi, doedd hi'n teimlo dim heblaw atgasedd tuag ato.

'Mae'n rhaid bod rhywun gonest ar ôl yn Heddlu Ynys Môn y gallwn ni fynd ato?' holodd Kate.

'Na. Fedra i ddim mynd at yr heddlu. Neith Grace ein lladd ni i gyd. Ddylsen ni ddim trystio neb,' dywedodd D.I. John yn ddi-droi'n-ôl.

'Os felly, beth yw'r cynllun?' holodd Kate.

'Mae'n bwysig fod Nansi'n aros yma a chadw allan o'r golwg.'

Dechreuodd Nansi grio'n dawel ac aeth Kate ati i'w chysuro. Holodd D.I. John hi beth oedd yn bod.

'Mae gen i arholiad Ysgoloriaeth Coleg Prifysgol Bangor mewn deuddydd,' meddai Nansi drwy ei dagrau.

'Cadw'n fyw – dyna sy bwysicaf ar hyn o bryd. Mi fydd cyfle i sefyll yr arholiadau flwyddyn nesa.'

Llusgodd D.I. John ei hun ar ei draed a gofynnodd Kate iddo ble'r oedd o'n mynd.

'Dach chi'n llygad eich lle; rhaid i mi gael doctor i drio sortio'r blydi glust yma.'

Pennod 44

Dr Abraham oedd ei enw, ac ar ddrws ei dŷ yn Rhosneigr roedd plât yn cyhoeddi hynny, plât oedd mor fudr fel mai prin roedd modd ei ddarllen mwyach.

Cymeriad lliwgar a ffraeth ei dafod bob amser oedd Dr Abraham, er iddo fyw yn feudwyaidd bron. Fyddai o fyth yn tywyllu drws yr un o addoldai Rhosneigr. Dewis perffaith felly, meddyliodd D.I. John wrth gnocio'n dawel ar ei ddrws cefn yn oriau mân y bore. Arhosodd am ateb yn yr oerfel llonydd. Uwchben, taflai'r lleuad gysgodion arian i bob cyfeiriad. Dim ond sŵn ci yn cyfarth yn y pellter a darfai ar lonyddwch y noson.

O'r diwedd, clywodd D.I. John sŵn goriad yn y clo. Agorwyd y drws a daeth wyneb main Dr Abraham i'r golwg. Edrychodd y meddyg ar D.I. John o'i gorun i'w sawdl ac yna glaniodd ei lygaid ar y clwyf amlwg ar ei glust. Agorodd y drws led y pen ac amneidio arno i ddod i mewn. Cyn camu i mewn i'r tŷ, edrychodd D.I. John yn sydyn dros ei ysgwydd. Roedd popeth yn dawel. Wedi iddo gau'r drws, trodd y meddyg ato a dweud yn dawel,

'Dwi wedi clywed fod yr heddlu ar eich ôl chi a dwi'n gallu gweld eich bod chi mewn trafferth.'

Dilynodd D.I. John ef i'r ystafell gefn.

'Eisteddwch,' mynnodd Dr Abraham a mynd ati i agor ei fag meddygol. Gosododd thermomedr o dan dafod y claf.

'Dylech chi fod yn yr ysbyty efo clwyf fel hwn.'

'Dim ond crafiad,' dywedodd D.I. John.

'Crafiad, wir! Ble mae gweddill y glust?' holodd Dr Abraham.

Pan na ddaeth ateb, aeth y doctor yn ei flaen i'w archwilio, gan deimlo ei wddf.

'Ydach chi mewn poen?'

'Yndw. Uffernol. Cur pen a gwddf stiff. A pheth arall od – mae asgwrn fy ngheg yn teimlo fel tasa fo wedi dechrau cloi.'

Edrychodd Dr Abraham ar y thermomedr a chodi un ael. Roedd tymheredd yr heddwas yn uchel.

'Be ydy'r driniaeth ora?' holodd D.I. John. Aeth Dr Abraham i'w fag unwaith eto ac estyn potel o gyffur. Suddodd nodwydd yn y botel i godi'r hylif.

'Mi fedra i roi morffin i chi at y boen ond fedra i ddim eich helpu chi efo'r tetanws dach chi wedi ei ddal!'

Suddodd Dr Abraham y nodwydd yn ei gnawd a chwistrellu dos go helaeth o gyffur.

'Be ddiawl ydy tetanws?'

'Mae tetanws, neu *clostridium tetani* i roi ei enw llawn, y tu hwnt i'r pethau sydd gen i yn y tŷ yma. Mae hwn yn mynd i waethygu'n gyflym.'

'Gwaethygu ym mha ffordd?'

'Lledu drwy'r corff fel gwenwyn. Mi gewch chi *lockjaw*, wedyn mi gewch chi drafferth anadlu. Wedyn niwmonia ac wedyn... Wel... marw, fwy na thebyg.'

Syllodd D.I. John arno'n gegrwth. Er ei fod o'n gwerthfawrogi gonestrwydd y meddyg, roedd ei eiriau ffraeth wedi ei daro'n fud.

'Efallai fod 'na un peth y gallwch chi wneud,' ychwanegodd Dr Abraham wrth gadw ei offer yn ôl yn ei fag.

'A beth ydy hynny?' holodd D.I. John.

Roedd Dr Abraham wedi dechrau pori yn y silff lyfrau gerllaw. Yma y cadwai ei gopïau o'r *British Medical Journal.*

'Dwi'n cofio darllen am *vaccine* i detanws yn eithaf diweddar. Ond dwi ddim yn meddwl ei fod o ar gael. Dewch i mi gael gweld.' Bodiodd y doctor drwy un o'r cylchgronau hyd nes iddo ganfod y dudalen.

'Ia. Dyma ni. *The tetanus antitoxin vaccine... this is not yet available for general use.'*

'Mi fyddai dos o hwn yn fy ngwella i, dach chi'n dweud?'

'Digon posib.'

'Ond tydi o ddim ar gael?'

Trodd Dr Abraham yn ôl at ei gylchgrawn.

'Nacdi, ond mae'r erthygl yn mynd ymlaen i ddweud hyn: *it has now been made available as standard for all medics in the armed forces.'*

Ar ôl clywed y cyfeiriad at yr *armed forces*, crwydrodd llygaid D.I. John at y ffenest gefn lle gwelai oleuadau gorsaf RAF Valley yn y pellter.

Darllenodd Dr Abraham ei feddwl. Diflannodd am funud cyn dychwelyd gyda thortsh fawr a thorwyr gwifrau.

'Mi fyddwch chi angen y rhain. Dwi wedi bod yno fy hun unwaith yn tendio ar un o'r peilotiaid cyn iddyn nhw apwyntio'u doctor eu hunain. Os dwi'n cofio'n iawn, dim ond dau sentri sydd yno. Ar y chwith mae'r caban meddygol efo croes goch ar y drws.'

Pennod 45

Bore llwm oedd hi yn Llundain pan agorodd Megan Lloyd George ddrws ei swyddfa yn Nhŷ'r Cyffredin. Tynnodd ei chôt ac eisteddodd y tu ôl i'w desg. Doedd ganddi ddim y stumog i ddarllen y papurau newydd oedd o'i blaen. Propaganda oedd bron iawn popeth ynddynt. Adroddiadau ffals am y rhyfel. Ffeithiau wedi eu hystumio er mwyn codi ysbryd y darllenydd. Eto, roedd y celwydd yn anorfod gan fod y gelyn wrthi hefyd. Yn yr Almaen roedd papurau fel *Der Angriff* yn adrodd yr efengyl yn ôl Goebbels; celwydd llwyr i lygru meddyliau.

Clywodd gnoc ar y drws a daeth un o swyddogion Tŷ'r Cyffredin i'r golwg.

'You have a visitor. A young woman who refuses to give her name and refuses to speak with anyone but you. All she has said is that she is from Anglesey. She is soaking wet. I think she must have walked from the station in the rain.'

'How strange. Please bring me a towel and a cup of tea for her,' dywedodd Megan.

Agorodd y swyddog y drws led y pen ar gyfer y ferch ifanc. Roedd hi'n wlyb at ei chroen. Cododd Megan i'w chyfarch.

'Cariad bach, dach chi'n socian. Be ydy'ch enw chi? Ydach chi'n siarad Cymraeg?' holodd Megan.

'Nansi Riley,' meddai'r ferch ifanc, ei chorff yn crynu.

'Un o ba ardal dach chi?'

'Aberffraw,' atebodd.

'Pam dach chi wedi dod yr holl ffordd, cariad?'

Aeth Nansi i'w phoced ac estyn amlen wedi ei selio. Defnyddiodd Megan yr agorwr amlenni arian i agor yr amlen; anrheg gan neb llai nag Adolf Hitler ei hun i gofio am ymweliad Megan a'i thad, Lloyd George, â'r Berghof cyn y rhyfel. Teimlai bwl bach o euogrwydd bob tro y codai'r gyllell fach hardd.

Gosododd Megan sbectol ddarllen ffyrnig yr olwg ar ei thrwyn. Erbyn hyn roedd y te a'r tywelion wedi cyrraedd. Eisteddodd Nansi gyda thywel amdani a phaned o de yn ei llaw. Roedd dwy ddogfen yn yr amlen. Y gyntaf oedd ewyllys Harri Lewis. Ar ôl darllen yr ewyllys, edrychodd Megan ar Nansi dros ei sbectol.

'Pam dach chi'n dangos hwn i mi?' holodd.

'Achos chefais i ddim ceiniog ar ôl Harri, fy nhaid. Yn ôl yr ewyllys, fi oedd i fod i gael popeth.'

Nodiodd Megan.

'Pam gawsoch chi gam felly, Nansi?' holodd.

'Achos bod ffrindiau Dad yn y Masons wedi fy nhwyllo. Cyfreithiwr o'r enw Lloyd Jones o Gaergybi na'th guddio'r ewyllys, felly fy nhad etifeddodd y cyfan.'

Siglodd Megan ei phen mewn cydymdeimlad.

'Mae Dad wedi gwerthu bob dim heblaw fferm y teulu ac mae honno ar werth rŵan hefyd,' ychwanegodd Nansi.

'Pam nad ydach chi wedi mynd at yr heddlu?' holodd Megan.

'Mae'r heddlu'n rhan o'r twyll. Y Prif Gwnstabl Grace ydy ffrind gorau fy nhad yn y Masons.'

Teimlodd Megan ias oer yn cripian hyd asgwrn ei chefn gan godi blew ei gwar. Dyma sut y teimlai bob tro y deuai ar draws rhyw anghyfiawnder fel hyn. Er nad etifeddodd holl gyfrwystra ei thad doedd arni ddim ofn neb ac roedd ymladd am gyfiawnder yn bwysicach na dim iddi.

Tynnodd Megan y papur arall o'r amlen.

'Pam ydach chi'n dangos adroddiad patholegydd i mi?' holodd.

Trodd llais Nansi'n sibrwd. Disgrifiodd yr hyn a welodd o'i chuddfan yn y goeden: sut y daeth car y Prif Gwnstabl Grace â Sylvia i'r fferm a sut y bu i'w thad ei thagu.

'Mae'r adroddiad yn cadarnhau fod y ddynes wedi cael ei mwrdro ac mi welais i bopeth. Fy nhad John laddodd y ddynes druan. Ar ôl gweld hynny mi redais i ffwrdd a chuddio. Dim ond fy ffrind Kate a D.I. John sy'n gwybod fy mod yma.'

'Pwy ydy D.I. John?'

'Un o'r ychydig blismyn gonest sydd ar ôl yn Sir Fôn. Mae o wedi cael ei sysbendio o'i job. Mae o, fel finnau a Kate, wedi bod yn cuddio.'

'Lle mae D.I. John erbyn hyn?'

'Dwi ddim yn fodlon datgelu hynny… jest rhag ofn. Dach chi'n dallt? Dwi wedi clywed fod y Masons ym mhobman,' dywedodd Nansi'n amheus.

'Wel… mi fyddwch chi'n falch o wybod nad ydw i yn un ohonyn nhw! Dach chi'n dyst i lofruddiaeth felly. Mae hyn yn fater difrifol iawn. Mi fydd rhaid i chi aros yma yn Llundain efo mi. Mi wnawn ni eich cadw chi'n ddiogel tan y bydd hyn i gyd wedi ei ddatrys.'

Siglodd Nansi ei phen a chodi i fynd.

'Na. Mae'n rhaid i mi fynd yn ôl i'r stesion a dal trên yn ôl i Fangor. Mae gen i arholiad ysgoloriaeth ym Mangor pnawn fory.'

Gwenodd Megan. Roedd pendantrwydd ac ystyfnigrwydd

y ferch yn ei hatgoffa ohoni hi ei hun pan oedd hi'n ifanc. Eto, roedd rhaid amddiffyn y ferch ifanc rhag niwed a siaradodd Megan mewn llais digyfaddawd.

'Gwrandewch. Mae yna rai pethau yn bwysicach nag uchelgais. Eich gwarchod chi rhag niwed ydy un o'r pethau hynny. Mi fydd rhaid i chi aros yma. Dach chi'n ifanc, mi gewch chi gyfle arall y flwyddyn nesaf i sefyll yr arholiad.'

Pennod 46

Roedd pennaeth Heddlu Met Llundain, Stephen Brixton, mewn sioc. O'i flaen, yn ddirybudd, roedd Herbert Morrison wedi ymddangos a gofyn iddo am restr o heddweision nad oedden nhw'n aelodau o'r Seiri Rhyddion. Roedd clywed yr Ysgrifennydd Cartref yn gwneud y fath gais yn syfrdanol.

'May I ask why you would need such a list?' protestiodd Brixton mewn acen Etonaidd amlwg. Roedd Brixton yn rhyfeddu at y cais gan y gwyddai fod y rhan fwyaf ohonynt yn aelodau.

Doedd Morrison ddim am drafod. Mynnodd ei fod yn derbyn rhestr fyddai'n cynnwys enwau hanner cant o ddynion dibynadwy o fewn yr awr. Doedd gan Brixton ddim dewis ond ufuddhau.

Rhagdybiodd Megan yn gywir y byddai'r Ysgrifennydd Cartref yn gefnogol. Roedd pawb yn Nhŷ'r Cyffredin yn gwybod am gasineb Herbert Morrison tuag at y Seiri Rhyddion. Yn ôl y sôn, pan gollodd Morrison yr etholiad am arweinyddiaeth y Blaid Lafur yn erbyn Clement Attlee, pleidleisiau'r Seiri Rhyddion o fewn ei blaid ei hun oedd y drwg.

* * *

Agorodd drws mawr cadarn y Swyddfa Gartref yn King Charles Street a thrwyddo daeth gwas sifil mewn siwt pinstreip las yn cario amlen o dan ei gesail. Aeth i gefn car oedd yn aros amdano. Teithiodd y car i Scotland Yard ac aros y tu allan, yr injan yn canu grwndi fel cath fodlon.

Allan o Scotland Yard heidiodd criw o heddweision a diflannu i mewn i fflyd o geir. Roedd tasg anarferol o'u blaenau.

Ar orchymyn yr Ysgrifennydd Cartref, roeddent i deithio ar hyd yr A5 yr holl ffordd i Sir Fôn. Eu tasg oedd cymryd drosodd holl gyfrifoldebau plismona'r ynys ac arestio'r Prif Gwnstabl Grace a'i gyd-gynllwynwyr.

'We'll weed them out and lock them up' – dyna eiriau diflewyn-ar-dafod Herbert Morrison ar ôl i Megan Lloyd George ddangos y dystiolaeth iddo.

Pennod 47

Swyddfa'r Heddlu, Caergybi

Agorodd y Prif Gwnstabl Grace ddrôr ei ddesg ac estyn potel o frandi. Arllwysodd wydraid a chymryd cegaid go fawr. Roedd angen pob diferyn arno.

Cnociodd P.C. Prydderch ar y drws.

'Dewch i mewn!' gwaeddodd Grace a chau'r drôr yn o handi. Yn ei frys sarnodd frandi ar ei drowsus. Rhegodd dan ei wynt. Daeth P.C. Prydderch i mewn a chlywed oglau'r ddiod yn yr awyr.

'Syr. Rydan ni newydd gael RAF Valley ar y ffôn. Mae rhywun wedi torri i mewn a dwyn digon o gyffuriau i agor *chemist*.'

'Well i chi fynd yno, dangos eich wyneb, P.C. Prydderch. *Inside job* ella?'

'Wel dyna'r peth, Syr. Dwi ddim yn meddwl mai *inside job* oedd o.'

'Sut felly, P.C. Prydderch?'

Eglurodd yntau fod y disgrifiad o'r lleidr a welwyd yn gadael gyda sach ar ei gefn yn swnio'n debyg iawn i D.I. John.

'Yn ôl y llygad-dyst a'i gwelodd o'n gadael, roedd o'n edrych yn o sâl, Syr.'

Cododd Grace a gwisgo'i het plismon.

'Mae'r rhwyd yn cau, P.C. Prydderch. Mae D.I. John yn Rhosneigr yn rhywle. Cerwch o dŷ i dŷ a ffeindiwch o!'

Yn sydyn, agorodd drws y brif swyddfa o'u blaenau a llifodd dwsin o heddweision arfog i mewn i'r adeilad. Yna, daeth dyn mewn siwt ac anelu'n gyflym am swyddfa'r Prif Gwnstabl Grace. Cerddai'n bwrpasol gyda dau heddwas arfog y naill ochr iddo.

Chwarddodd Grace, gan feddwl mai rhyw jôc fawr oedd y cyfan. Un o'i gyfeillion yn Heddlu Arfon neu Gonwy yn chwarae triciau efallai. Yna, syrthiodd ei wep ar ôl gweld golwg ddifrifol y dyn yn y siwt. Pan glywodd ei eiriau, gwyddai Grace nad jôc oedd hyn o gwbl. Roedd hi ar ben arno.

'By the power invested in me by the Home Secretary I have been given the authority to take over the policing duties of Anglesey Police Force and I also have the power to arrest you, Chief Constable Grace, on suspicion of serious crimes, the details of which will be revealed in due course. My officers have already arrested Riley, Gabbott and Lloyd Jones. You have the right to remain silent but anything you say will be taken down and may be used as evidence against you.'

Ar ôl rhoi cyffion am Grace aeth y dyn i ganol y swyddfa ac annerch gweddill yr heddweision.

'As for the rest of the Anglesey Police Force it is your lawful duty as police officers to cooperate with us. Failure to do so is an offence and anyone obstructing our work will face arrest. Is that clear?'

* * *

Er mawr syndod i D.I. John, doedd yr un heddwas yn gwarchod gorsaf Rhosneigr pan ddaliodd y trên. Rhoddodd y sach o gyffuriau ar y sedd wrth ei ochr.

Wrth i'r trên lusgo ei ffordd drwy Sir Fôn i gyfeiriad

Bangor, agorodd y sach a chwilio am botel gyda'r geiriau *tetanus vaccine* arni. Tynnodd y caead oddi ar y botel yn ofalus, suddodd y nodwydd yn yr hylif a'i phlannu yng nghnawd ei fraich. Chwistrellodd yr hylif i mewn i'w wythïen. Cydiodd mewn potel fach arall gyda *morphine* arni a gwneud yr un fath.

Ar ôl cyrraedd Bangor, daliodd y trên i Afon Wen. Roedd ganddo atgofion melys o'r daith a chofiai enwau'r gorsafoedd ar hyd y lein o Gaernarfon i Afon Wen. Gorsaf Groeslon, wedyn Pant Glas a Bryncir ac yna ymlaen i gyfeiriad Afon Wen, lle bwriadai ddal trên Pwllheli.

Teimlodd ei boced. Oedd, roedd goriad bwthyn gwyngalch ei fam ym Mhen Llŷn yn ddiogel. Gwyliodd y wlad yn gwibio heibio'r ffenest a daeth arno awydd cysgu. Pwysodd yn ôl yn ei sedd a gadael i'r morffin wneud ei waith. O fewn llai na munud teimlodd amrannau ei lygaid yn trymhau; arafodd ei anadl. Clywodd leisiau – cannoedd o leisiau o'i orffennol yn sisial sibrwd yn ei feddwl wrth iddo lithro'n freuddwydiol-ddyfnach i gwsg trwm.

Pennod 48

'You may now turn over your papers to read the questions. But do not start until I say,' cyhoeddodd y darlithydd. Lledodd sŵn siffrwd troi'r papurau arholiad drwy Neuadd Prichard-Jones yng Ngholeg Prifysgol Bangor.

Roedd y desgiau pren wedi eu gosod mewn rhesi trefnus, a choesau pob desg yn estyn tua'r llawr fel byddin o bryfed cop. Roedd haul y prynhawn yn dawnsio drwy'r ffenestri uchel ac yn taro'r canhwyllyron a hongiai o'r nenfwd, gan yrru llafnau o olau drwy'r ystafell drom.

Syrthiodd distawrwydd dros y bechgyn â'u hwynebau difrifol a dim ond ambell besychiad a darfai ar y distawrwydd llethol. Syllodd y bechgyn yn nerfus ar draed y darlithydd wrth iddo basio heibio wrth grwydro'r neuadd. Pwysodd un bachgen yn ôl yn ei gadair a rhythu'n ddi-glem ar y papur arholiad.

Ar draws y distawrwydd, agorodd prif ddrysau'r neuadd a daeth dyn chwyslyd mewn clogyn tywyll i mewn a mynd i sibrwd yng nghlust y darlithydd. Edrychodd yntau'n syn i gychwyn; yna nodiodd yn gytûn. Edrychodd y ddau at y drws. Yno safai Nansi Riley.

Doedd hi ddim wedi disgwyl y byddai oglau'r lle yn ei tharo fel hyn: cymysgedd o bolish llawr, chwys a thestosteron yn ei ffroenau. Cododd y bechgyn eu pennau ac edrych arni fel petai hi'n tresbasu ar dir sanctaidd.

Gwnaeth y darlithydd arwydd arni i ddod i mewn ac i eistedd yn yr unig gadair wag.

'You may now start,' dywedodd. Ar ôl gweld y cwestiwn lledodd gwên fawr dros wyneb Nansi a dechreuodd ymlacio fymryn.

'Discuss why, in *The Great Gatsby*, Daisy Buchanan says that the best thing a girl can be in this world is a beautiful little fool.'

Tynnodd ei phìn ysgrifennu o'i phoced. Trawodd big dur yr ysgrifbin ar y papur gwyn a dechrau ysgrifennu.

∽